愛の旋律

アンナ・デパロー 作

速水えり 訳

シルエット・ディザイア

東京・ロンドン・トロント・パリ・ニューヨーク・アテネ・アムステルダム
ハンブルク・ストックホルム・ミラノ・シドニー・マドリッド・ワルシャワ
ブダペスト・リオデジャネイロ・ルクセンブルク・フリブール

Cause for Scandal

by Anna DePalo

Published by Harlequin K.K., Tokyo, 2007

アンナ・デパロー　幼いころから本が大好きだったアンナはすぐに書く楽しみを覚えた。ハーバード大学で政治学と法律を学び、今は執筆活動をしながら知的財産担当弁護士として働いている。趣味は読書や旅行、古い映画の鑑賞。デビュー作で、ロマンティックタイムズ誌の二〇〇三年度新人賞を受賞した。ニューヨーク在住。

主要登場人物

サマー・エリオット……………雑誌編集者。
スカーレット・エリオット………サマーの双子の姉。
パトリック・エリオット…………サマーの祖父。
メーヴ・エリオット………………サマーの祖母。
ジョン・ハーラン…………………サマーの婚約者。
ジーク・ウッドロー………………ロック・ミュージシャン。
マーティ……………………………ジークのマネージャー。

1

けれども、ファンを参らせているのは、なんといっても彼の華やかな顔立ちだ。サマーはそのめだつ顔をカメラにおさめたくてうずうずした。

ちょうどそのとき、ジークがまっすぐにサマーを見たような気がして、彼女は息をのんだ。目が合ったのはほんの一瞬にすぎないが、彼女は爪先まで彼の強いまなざしにつらぬかれるのを感じた。

ジークが目をそらし、サマーはやっと息をついた。百聞は一見にしかずね。ジーク・ウッドローのセックスアピールはたしかに強烈だわ。

もちろん、私のタイプではないけれど。

サマーは、指にはめた二カラットの、ブリリアントカットのダイヤモンドの婚約指輪に目をやった。ぜんぜんタイプじゃないわ。

またしてもファンに押され、サマーはいらだたしげにため息を押し殺し、あたりを見まわした。

マジソン・スクエア・ガーデン——ニューヨークでどうしても、このインタビューをものにしなくては。私のキャリアがかかっている。私自身の計画もこれしだいだ。目下の障害は、頑丈な警備員が二、三人いることと、バックステージパスがないこと、そして金切り声をあげる二万人ものジーク・ウッドローのファンの間近にいることだ。

サマーはステージ上のジークに目をやった。十二列目の席からでも、彼のカリスマ性がはっきり感じられる。ブルージーンズと黒いTシャツが、贅肉《ぜいにく》のない、たくましい体つきをくっきり浮きたたせている。襟足まである濃い茶色の髪は乱れて、いかにも“悪《わる》”の雰囲気が漂っている。

の主だった行事開催地の一つ。政治的な大会やスポーツ競技が開催され、歴史の証人となってきた場所。フランク・シナトラ、エルヴィス・プレスリー、ローリング・ストーンズ、エルトン・ジョン、ブルース・スプリングスティーン……。そして、今はジーク・ウッドローの時代だ。グラミー賞の受賞者であり、音楽業界の今をときめくロックスターだ。最新のCD《君に夢中》は一千万枚以上の売りあげを更新中で、ダイヤモンドディスクに輝いている。

　サマーは彼について重要な情報はつかんでいた。ニューヨークで育ち、今はビヴァリーヒルズの邸宅に住んでいること、セクシーな歌詞で有名なこと、〈医療に協力するミュージシャン〉を立ちあげるのに一役買っていることも。その関係で、今回の一連のマジソン・スクエア・ガーデンでのコンサートはその名称を掲げ、癌《がん》治療の研究に資金が提供されることになっている。

　それらのことを知りながら、サマーはジークに近づく手立てがなかった。さらにつらいことに、『バズ』誌のために彼にインタビューする気はまんまんだった。サマーは何カ月もの間、いかにして仕事で昇進するかということで頭をいっぱいにしてきた。父方の祖父のパトリック・エリオットは、たとえ身内といえども、地位を上げるためにはファミリー会社の出版社で働きぶりを示さなくてはならないという信念を持っていた。

　そんなわけで、ある日、家に帰って郵便物の中に〈医療に協力するミュージシャン〉の広告を見つけたサマーは、しがない原稿整理係から、自他ともに認める記者へ昇進する切符を手にしたことを確信した。ジーク・ウッドローのインタビューは、同種のライバル誌『エンターテインメント・ウィークリー』だけでなく、〈エリオット《E》・パブリケーション《P》・ホールディングス《H》〉のほかの雑誌とも熾烈《しれつ》な競争の渦中にある『バズ』誌にまさにうってつけだ。創業者のパトリックは経営から退くにあたって、社内のどの雑誌であれ、年末までの売りあげがトップの責任者をEPHの新しい最高経営責任者《CEO》にすると宣言していた。

コンサート会場で、サマーは手帳とペンを握り締め、足を踏み替えた。会社から直接コンサートに来たせいで、どうも居心地が悪い。踵《かかと》の低いブーツの爪先を何度踏まれたことか。細い縦縞《たてじま》のパンツはオフィスでは申し分ないが、ジーンズの群れの中では温かすぎて場違いだった。タートルネックも窮屈で、何千人ものファンが体をゆらし、踊っている熱気の中では暑苦しい。

サマーのまわりでは、観客がジークを照らすスポットライトの縁をかすめながら、ステージのほうに寄せては返す波のようにうねっていた。

ただの原稿整理係にすぎないサマーが単独インタビューを申し込んでも、広報担当者に目の前で笑われるのはわかっていた。しかし、ジーク本人に近づくことができれば、話してもらえるという確信があった。なにしろ、彼女は野心にあふれ、思ったことを表現できるうえ、音楽にも目がきく。そして、『バズ』誌の関係者ということに変わりはない。たとえ、彼女の身分では報道関係者用のバックステージパスを手にする資格がないとしても。

ジークが一曲歌いおえると、観客は熱狂した。彼がジョークを飛ばす。セクシーな声がアリーナ席を満たし、サマーの肌を愛撫《あいぶ》するようだ。

「もっと聴きたいかい？」ジークのなめらかで深みのある声が客席をじらす。

観客ははやしたて、叫び声をあげて応《こた》える。

「聞こえないよ」ジークが耳に手をあてた。

観客は轟《とどろ》くような歓声をあげる。

「よーし！」ジークはバックバンドに合図をし、エレキギターのストラップを肩にかけた。曲が始まり、彼は大ヒット曲の一つである《美しい君を腕に抱いて》を思いをこめて歌いはじめた。

湿った夜気に包まれて、ゆれる椰子《やし》の木の下で愛を交わす歌に、サマーはほかの観客同様、魅了され、魔法のひとときに引きこまれていた。歌声が静かに消えて、やっと魔法が解けた。そのときでさえ、気を取り直して、ばかげたまねはやめるよう自分に言い聞かせるにはしばらく時間がかかった。

ここに来た目的を思い出さなくては。私はその目的のためだけに来たのであって、ジーク・ウッドロ一の熱烈なファンの一人になるためではない。

三十分ほどしてコンサートは終了し、観客は出口に向かっていた。サマーはバックステージをめざしてファンの群れを押し分けていった。あいにく、長身で頑強そうな警備員が行く手をはばんでいる。

「恐れ入りますが、バックステージへ行きたいのですが」

警備員はサマーを見おろし、たちまち彼女の指輪を見てとると、腕を組んだ。「ごもっとも。ほかの何千人ものファンと同じだ」

「私は報道関係者よ」サマーは、いやというほど耳にしてきた私立女学校時代の女性校長の口調をまねた。その学校には、一卵性双生児の姉のスカーレットもいっしょに通った。

「バックステージパスを見せてください」

「あいにく持ってなくて。とにかく――」

しかし、ミスター〝屈強〟は、すでに首を振りはじめている。「パスがなければ入れない。単純明快だな」

サマーは〝話し合いをさせていただけないかしら?〟と言いたかった。だが、効きめがあるかどうか疑わしいので、ハンドバッグをさぐって名刺を取り出した。「おわかりかしら? 私は『バズ』のスタッフ……」どんなスタッフかの説明は省いた。

「『バズ』誌はご存じでしょう?」

ミスター〝屈強〟はわざわざ名刺を手にとることはせず、サマーに視線を移した。「さっきも言ったように、バックステージへ入れるのは、そうと認められた人たちだけです」

処置なしね。こんな場面を想定しておくべきだった。

「わかったわ」サマーはいらだちながら、最後のあがきをした。「でも、ジーク・ウッドローが全国でも有数の雑誌からインタビューを受けるチャンスを逃したと知って関係者があわてても、私をうらまないでね」

警備員は眉一つ動かさなかった。

サマーは踵《きびす》を返し、顎を上げて、すたすたと歩み去った。ここが女学校なら、ミズ・ドナルドソンが誇らしく思ってくれただろう。

わかったわ。サマーは思った。ジークの楽屋でのインタビューはできないということね。とはいえ、彼もそのうちにコンサート会場を出るはずだ。そのときを待てばいい。手ぶらで帰るために、三時間近くも彼のファンに押されたり、こづかれたりしていたわけではない。なんとしても、このインタビューをものにしなければ。

けれども、一時間もすると、サマーは、肌寒く湿った三月の夜に、体を縮みあがらせて果てしなく立っているような気分になった。そんなにインタビューが大事かしら、という気がしてくる。疲れて、おなかがすいて、家に帰りたくなった。

サマーはブレスミントをさがして、ハンドバッグをかきまわした。なんでもいい、口に入れるものが欲しい。そうしているうちにざわめきが起きて、目を上げると、ジークが出てくるところだった。

あいにく、ジークはスタッフや警備員に囲まれている。それをものともせず、サマーは前へ走っていった。彼がリムジンに乗りこむまでにわずかな時間しかない。「ジーク！　ミスター・ウッドロー！」ちょうどそのとき、ジークのまわりが熱狂的な騒ぎになった。パパラッチのカメラのフラッシュがいくつもひらめき、何人かの女の子が黄色い声をあげて、ぴょんぴょん飛びはねている。

前に出ようとしていたサマーは固い壁にはばまれた。もっと正確に言うと、顔を上げて気がついたのだが、ニューヨーク市警察のブルーの制服を着た警官だった。行く手をはばまれ、しかたなく一歩うしろへ下がる。気がつくと、リムジンのそばにも警官がいた。

「下がってください」警官が命じた。

警官の肩ごしに見ると、ジークが車に乗りこむところだ。サマーはがっくり肩を落とした。

四時間二十七分。そして二十曲以上の歌を聴いた。あげくの果てに、それらがみんな無駄になった。

いらだちのあまり、大声でわめきたくなる。折も折、雨粒が一つ、また一つと頬に落ちてきた。サマーは顔を上げ、しかめっ面をすると、まっしぐらに七番街のタクシー乗り場へ向かった。本降りになれば、空車など一台もなくなるのはわかっていた。

二十五分後、アッパーウエストサイドのタウンハウスへ着いた。その家は祖父母のもので、第二の家として使われていた。

姉のスカーレットとともに居住スペースとして使っている最上階へ行くと、スカーレットが部屋から出てきた。「それで、首尾はどう？」姉は赤いシルクのパジャマを着ている。

スカーレットとは一卵性双生児だけれど、パジャマ一つをとってみても、私たちはまるで違っているわ。サマーはあらためて思った。スカーレットは派手で、破天荒で、常軌を逸していると周囲にとられていて、一方サマーは、分別があり、几帳面《きちょうめん》と思われていた。

「ひどいものよ」サマーはソファに腰を下ろして、ブーツのジッパーを下げた。ほっとして、爪先を動かす。「ジークにインタビューできるなんて、いったいどうして考えたのかしら。近くにさえ行けなかったのよ！　ローマ教皇や大統領より守りが固いわ」彼女はその晩の出来事をざっと語って聞かせた。

「そもそも、むちゃな計画だったのよ。だけど、昇進のためには、また別の作戦を立てなくちゃ。なにかいいアイデアはないかしら？」

「それでいいの？」スカーレットが信じられないというようにきき返した。「そんなにあっさり……」

指をぱちんと鳴らす。「ジークとのインタビューをあきらめるの？」

「〝あっさり〟じゃないわ」サマーも負けじと指を鳴らした。「私の話を聞いていなかったの？」

「明日の夜もコンサートがあるんじゃなかった？　インタビューするチャンスはまだあるわ」

「なにを言ってるの、スカー？」スカーレットの行きすぎにサマーがたっぷり現実を注ぎこむのはいつものことだ。「インタビューはできないわ」

スカーレットは腰に手をあてた。「そうね。そんな服装じゃ無理ね」

サマーが自分の服に目を向ける。「これのどこがいけないの？」

「修道女みたいなのよ」スカーレットは片手で身ぶりをした。「頭のてっぺんから爪先まで、すっぽりおおっているのと同じよ」

「外は寒いのよ」サマーは言い訳がましく応じた。

「それはともかく、胸の谷間を見せれば、どこへでも入りこめると本気で言っているの？」

「別に害になるわけじゃないわ」

「そうね。あなたの服を借りれば、なんとかなりそうね」サマーは皮肉っぽく言った。

スカーレットの目が輝いた。「ねえ、それが次の作戦よ」

スカーレットのファッション好きは有名だ。しょっちゅうデザイン画を描《か》いているし、ときには、自分でデザインした服を作ることもある。サマー自身の服の好みはもっと地味だけれど、そんな姉には敬服していた。

「そのことは忘れて」

「ぜったいうまくいくわ！　なぜもっと早く思いつかなかったのかしら？」

「なんのこと？」

「ジーク・ウッドローのガードをすり抜ける方法よ。グルーピーみたいな格好をすればいいのよ。魅力的な女性たちは、いつでもバックステージへ通してもらえるのよ」

「どうして？」

スカーレットが癇癪《かんしゃく》を起こして、ため息をつく。

「サマーったら。ときどき、あなたは五十歳に頭がセットされて生まれてきたんじゃないかと思うわ。なぜだと思う？　あるときはセックスのため、あるときはご機嫌とりのため。それに、いい宣伝にもなるの。なぜかというと、楽屋へ行った女の子たちは、あとで記者たちにロックスターと話をしたことをぺらぺらしゃべるからよ」

「勘弁してよ！　私に頭が軽い女みたいな格好をしろと言うの？　私は記者として敬意を払われたいのであって、ふしだらな女に見られたくはないわ」

スカーレットは踵でくるりとまわった。「そんなこと言わないで！　明日の夜、あなたは誘惑的な装いをするのよ。靴の踵を部屋に入れなくちゃ、本題に入れないわ。あなたが行くのはロックコンサートなのであって、国連でインタビューをするわけじゃないのよ」

サマーはため息をついた。それでも、立ちあがって、とぼとぼと双子の姉のあとについていった。スカーレットがなにを考えているかは容易に想像できる。そして、まさにそれが問題だった。

ピンヒールの音を舗道に響かせながら、サマーはこれからの行動に備えて気をしっかり持った。タクシーを降りてマジソン・スクエア・ガーデンを見あげ、スカーレットに教わった呪文《じゅもん》を唱える。

〝内なる女神を解き放て……。内なる女神を解き放て……〟

その言葉を繰り返しながら、建物の入り口へ向かう。

五時に仕事場のデスクを離れ、EPH本部のエレベーターで、スカーレットが働く『カリスマ』誌のオフィスへ向かった。スカーレットは、昨夜クローゼットから選び出した服を着るのを手伝い、そのあとメイクアップと髪のスタイリングをしてくれた。

サマーは自分がどんなふうに見えるか気にしてはいなかった。『カリスマ』誌のオフィスにある全身が映る鏡で自分の姿はじっくり眺めてきた。

ドラマチック。セクシー。要するに別人だった。皮肉な笑みにサマーの唇がゆがんだ。別人になった彼女はスカーレットそっくりだ。もちろん、姉の服を着ているのだから、驚くことではないが。そしてスカーレットは――意図的にせよ、無意識にせよ――〝セクシーさ〟とは、彼女自身がまとう度肝を抜くような服装のことだと考えているふしがある。

サマーは髪に手をやった。束ねずに下ろした豊かな巻き毛が肩の下までたれている。

ベルト付きの短いピーコートの下は、膝上丈の黒いスウェードのスカートと、膝下までの黒いブーツだ。スカーレットの目を信じるなら、膝小僧がセクシーということになる。

濃い赤のセーターは襟ぐりが深く、じらすように胸の谷間をのぞかせている。メイクも怠りない。普段は淡い色のマットな口紅を使い、ナチュラルに見える化粧が好みだ。しかし今夜は、濃い赤の口紅で、まざっている金の粒子がきれいな輝きを添えている。

どうやら二十三金以上は口に入れても大丈夫らしい。そんなことを知っている人がいるかしら？　サマーは知らなかった。しかし、『ヴォーグ』誌に対抗するＥＰＨの雑誌『カリスマ』の服飾編集アシスタントであるスカーレットなら、知っていてもおかしくない。

マジソン・スクエア・ガーデンの入り口を通りながら、サマーは指輪をしていない手に目をやった。彼女の正体をばらすような、淡い光を放つ証拠品はない。

スカーレットは婚約指輪をはずしていくよう強く勧めた。サマーがいやがると、彼女の手をつかんで指輪に手をかけた。

「ばかなことはしないで、サマー。グルーピーになりすます意味がわかっているの？」

「指輪となんの関係があるの？」サマーはつかまれた手を引っこめようとした。

「前に言わなかった？　グルーピーは、若くて、セクシーで、結婚していないから、バックステージへ入れるのよ。指輪一つで、この苦労をだいなしにするつもり？」

とうとうサマーはスカーレットが指輪を抜き取るままにさせた。だが、すべてが今一つしっくりしない。まるでジョンを裏切っている気分だ。

そんな気持ちはもちろんばかげている。今夜はデートではないのだから。ただ、いくらか色気を使ってロックスターの気を引き、インタビューできるようにするだけだ。それのどこがいけないというのだろう？

実際、サマーはほとんど納得していた。そう、九分どおりは。

サマーはまたジョンのことを思った。もうすぐ出張から帰ってくる。それはいいことだ。計画を立てなければならない結婚式が控えているのだから。

サマーは、こまごまと計画を立て、リストもそろえておくタイプだ。そして、二十五歳で婚約することで、彼女自身が練りあげた五カ年計画の一つの目標を達成した。

五カ年計画とは次のようなものだ。二十五歳、婚約。さらに『バズ』誌の正規の記者に昇格する。二十六歳、結婚。二十八歳、娯楽分野の敏腕記者として名をあげる。三十歳、『バズ』誌の管理職に昇進、そして妊娠。

これまでのところ、うまくいっている。そして当然、ジョンも自分の五カ年計画を立てていた。その計画も、サマーがデートしていた男性の中からジョンを選び、最終的に〝結婚相手〟に決めた理由の一つだった。

サマーと同様、ジョンもまじめで野心がある。二十九歳にして、すでに広告会社の共同経営者で、ある重要な取り引き先のために全国を飛びまわっている。

サマーにとってジョンは申し分のない相手で、来年の今ごろは、彼女はミセス・ジョン・ハーランになっているはずだ。九カ月ほどデートを重ねたあと、ロマンチックなバレンタインデーのディナーの席でジョンは結婚の申し込みをした。

彼の完璧《かんぺき》なプロポーズは、サマーの判断が正しいという最後の決め手になった。バレンタインデーは婚約するのにふさわしい日だとサマーは思っていた。しかし、お嬢様学校出身のつつしみ深さがじゃまをして、それをほのめかせないでいた。ところが、ジョンが先手を打ってプロポーズしてくれたのだ。

それなら、夜ふけに一人でベッドに横になりながら、たびたび落ち着かない気持ちにさいなまれるのはなぜだろう？　花嫁はみんな神経質になるものなのかしら？

コンサートがついに始まり、サマーはたちまち昨夜と同じ夢見心地に引きこまれていった。

昨夜のコンサートはたまたまよかっただけと思いこもうとしても、今回は、演奏者《パフォーマー》としてのジークの力量と、それより重要なことだが、彼のサマーへの影響力は否定しようがなかった。

時おりサマーは、ジークのパフォーマンスと観客をしびれさせる魅力を表す適切な言葉をさがしながら、小さなノートに書きとめた。

《美しい君を腕に抱いて》が演奏されると、サマーはふたたび魔法にかかり、ジークが彼女のために歌っている気分になった。今とは異なる状況で、同じような気分を味わったことがある。そう、まったく彼女らしからぬ行為をしたときに……。

サマーはもの思いから心を引き戻した。今、そんなことを考えるなんて、どうかしている。あれは私のちょっとした秘密なのだから。今夜はするべき仕事がある。

今回はいくらかついていた。それと、『バズ』誌の同僚から得た情報で、終演後、サマーはアリーナ席を抜け出し、出演者の楽屋に続く廊下をどうにか突きとめた。

スカーレットが〝強みを見せるのよ〟と言っていたので、サマーはコートの前を開け、手には小ぶりのスウェードのバッグを持っていた。

一人目の屈強そうな警備員のほうへ近づきながら、サマーは体を硬くした。〝大丈夫、やれるわ〟

警備員がサマーの上から下まですばやく視線を走らせる。それを感じながら、彼女は軽くほほえみかけた。警備員の表情がかすかにやわらぎ、無表情な顔が賞賛をこめた男の顔になった。

あら、まあ。スカーレットの言ったとおりね。

にわかに力がみなぎり、サマーはほほえんだまま、はにかむような視線を警備員に向けた。「ジークに会いに来たの。彼がニューヨークに来たときには会いに来てくれって言ったから」

「彼が?」

サマーは警備員の間近に立ってうなずいた。「マーティに話したら……」ジークのマネージャーの名前はちゃんと調べてある。嘘《うそ》をつくつもりなら、間違ったことを口にしては意味がない。「コンサートが終わったらすぐ来るようにって」

「マーティを知っているのかい?」

「ニューヨークの前の、五つの都市をまわる間だけよ。ジークの演奏を聴いたのは、ロサンゼルス、シカゴ、ボストン……」サマーは語尾をあいまいにぼかし、それからはっきりと言い添えた。「ジークとはいつもすばらしい時間を過ごしたわ」

ミスター〝屈強〟は肩ごしにうなずいた。「左側の三番目のドアですよ」

うまくいったのね? ほっとしたあまり、サマーは小躍りしそうになった。しかしそうはせず、にっこりした。「ありがとう」

これなら、赤毛の妖艶《ようえん》な美女としてやっていけそうよ。サマーは思った。平静でいられないくらい、自由な気分だった。

ジークの楽屋の前で息を整え、ドアをノックする。

「どうぞ」ドアごしに男性の声がした。

ドアノブをまわし、やわらかな明かりが満ちた室内に足を踏み入れる。

部屋の向こう側から声がした。「待っていたよ」

その声は、強いウオツカをぐいと飲んだかのようにサマーの体にしみわたった。深みがあり、セクシーで、豊かでいきいきとした響きがある。近くでじかに聞くと、ステージより強くそれを感じた。

ジークはサマーに背中を向けたまま、近くのテーブルから受話器を取りあげて、ボタンを押した。

「あと十分ほどしたらホテルへ向かえるけど、君のほうはいいかい、マーティ？」

ジークはまだ、ステージで身につけていた黒いジーンズにTシャツという姿だった。デニムの下の引き締まった格好のいいヒップがくっきり見える。たくましい背中から肩にかけて、Tシャツが突っ張っている。

サマーは咳《せき》ばらいをした。「私はマーティじゃないわ」

ジークはくるりと振り返り、身動きもせずにサマーを見つめた。

彼の顔は印象的だ。美しいのはもちろんだが、それだけでなく、人を引きこまずにはおかないものがある。そして彼の目。なんという目だろう。海のように青く、はかり知れない。あの目がなかったら、彼の顔は味気なくなってしまう。少し無愛想だというマスコミ評にもかかわらず、彼はやさしい目をしていた。

サマーはかろうじて働いている頭のどこかで、ジークがずっと身じろぎもしないことに気がついた。気のせいかしら？　それとも、ジークも私と同じように衝撃を受けているのかしら？

「ああ」やっとジークがゆっくりと口を開いた。「たしかにマーティじゃないね。それで、君は誰だい？」

2

ジークの心をふたたびあのメロディーがよぎった。〝彼女〟の夢を見るたび、頭の中で鳴る曲と同じだ。それは、目覚めたときはじらすように記憶に引っかかっているが、書きとめて自分のものにする前に、無のかなたへ消えていった。

だが今回は、メロディーは、よりはっきりしている。まるで目の前の女性にいやおうなく呼び出されているみたいに。それに彼女は、あの写真の女性——夢に出てくる女性に似ている。ほっそりしていながらめりはりのある曲線美で、長い鳶《とび》色の髪をしている。髪の色は写真の女性よりいくらか明るいが。そしてなにより、目をみはるばかりの緑色の瞳。

屋台が並ぶ町の祭り《ストリート・フェア》で買った、名前もわからない写真の女性と大きく違っているのは、写真の女性がギリシア神話の女神の衣装を着ていて、目の前の女性は二十一世紀のまぎれもないロック・グルーピーだということだ。ジークは写真を撮ったのが誰かも、作品の主題も知らないが、一つだけヒントがあった。白い飾り縁のフレームの下に手書きで記されていた文字によると、〝戯れるダフネ〟というのが写真のタイトルだった。

ジークの意識がとぎすまされ、体に力が入る。どういうわけか、この女性が彼に呼びかけるのだ。夢の中で彼女は、ベッドに髪を広げ、腕と脚を彼にからませて引き寄せた。

体が熱くなるのを感じながら、ジークは無愛想に尋ねた。「僕の質問に答えていないよ。名前は？」

彼女は一瞬、目をそらして、ふたたびジークに視線を戻した。「ケ——ケイトリンよ」

ジークはいつの間にかつめていた息を吐き出した。それでは、彼女はダフネではないのだ。それでも、質問せずにはいられなかった。「今までにモデルをしたことはある？」

彼女は眉を寄せた。「いいえ」

「それなら、考えてみるといいよ」やっぱりダフネではないようだ。

ケイトリンは両眉を上げた。「本気で言っているの？」

「本気だとも」ジークは賞賛をこめてゆっくりほほえみながら、彼女のほうへ歩いてきた。「体つきも顔もモデル向きだよ。それに、君の瞳は普通じゃない……人を惹《ひ》きつける」彼はたびたび、写真の女性の淡いグリーンの瞳は本物だろうか、それともライティングかコンピューター処理で作られたものだろうかといぶかっていた。

「それを言うなら、あなたもそうよ」

ジークは笑い声をあげた。魅力的な女性だ。彼女は、マーティがときどきコンサートがはねたあとで楽屋へよこすグルーピーに違いない。女の子たちはジークのようなロックスターに接触しようとして大騒ぎする。そしてマーティは、スターといえども、ある程度は接触可能だと思わせるのはいい宣伝になると考えている。

もしケイトリンが僕の創造力を解き放つ鍵《かぎ》なら――いや、たとえそうでなくても――彼女のことをもっとよく知らずにはいられない。ジークは今まで、こんなに早く誰かと深いつながりを感じたことはなかった。彼女はまるで彼の幻想が現実の肉体を持って現れたようだ。

ジークはソファを身ぶりで示した。「かけて」そして部屋を見まわす。「なにか飲むかい？」

「あ、ありがとう」

ジークは眉をひそめた。緊張させてしまったか

な？「どっちに礼を言ったのかな？　座ること
に？　それとも飲み物に？」
ケイトリンが胸元から頬まで赤く染めるのを、ジ
ークは熱っぽく見つめていた。「両方よ」彼女はソ
ファのところへ歩いていって腰を下ろし、コートと
ハンドバッグをわきへ置いた。
「ビールでいいかい？」
「ええ、ありがとう」
ジークはうしろを向いて小さい冷蔵庫からビール
を二本取り出し、栓を開けた。そうしながらも、ケ
イトリンの反応にとまどっていた。普通なら、この
ような場合、女性たちは皆、待ってましたとばかり
に身をまかせようとする。ところが彼女ときたら、
つつしみ深さの化身のようだ。
思いがけず、ジークはそのことにそそられていた。
彼は自分に喝を入れた。気をしっかり持たなくては。
彼女がダフネに似ているせいで、頭がぼうっとして
いるようだ。
ケイトリンにビールを渡して、隣に腰を下ろす。
彼女は一瞬、どうしていいかわからないようすだっ
たが、ジークがぐいっとあおるのを見て、そっとボ
トルを口に持っていって一口飲んだ。
その一口がまっすぐ自分の下腹部に下りてきた気
がして、ジークは座り直した。部屋があっという間
に暑く、狭く感じられる。
ジークにはまだ目を向けず、ケイトリンがすぐに
二口目を飲むと、ボトルの口近くに、それまでより
たくさん泡が立った。
ジークはほほえんだ。「ボトルからビールを飲む
方法を今まで誰も教えてくれなかったのかい？」
「私の飲み方ではいけないの？」
ジークはケイトリンのボトルに自分のを触れ合わ
せた。「まあね」彼はさも重大そうに言った。「泡が
立っているだろう」

彼女はよく見えるようにボトルを傾けた。「あら」

「見ていて」ジークが命じた。「吸いこまないで。少し口を開いて、瓶の口を全部おおわないようにするんだ」彼はボトルを口元に持っていき、ぐっとあおった。冷たいビールが熱を冷ましてくれるように祈りながら。

ケイトリンはボトルに口をつけて、ジークと同じように飲んだ。

「それでいい」

ケイトリンがボトルを下ろしてジークを見る。ジークは彼女にキスしたくなった。彼女の唇はふっくらして赤い。それでいて、無垢《むく》さがあった。

事実、誘惑的な服装をしていても、どこかしらそぐわないところがある。レザーやスパンデックスより、パールとカシミアのほうが、彼女にはぜったいに似合うとジークは思った。

「君のことを話して」

「私のどんなことを知りたいの？」

すべてだ。「コンサートはよかったかい？」

「ええ。《美しい君を腕に抱いて》が好きよ」

「そう？」ジークはケイトリンを見つめた。あの曲は〝戯れるダフネ〟を買った日に書いたのだ。「あの曲のどこが好きなのかな？」

ケイトリンは身じろぎし、ジークから目をそらした。「ほんとうに……すてきだわ」

「ほんとうに……すてきって？」

「魔力があるみたい。あの曲を聴くと――」

「愛を交わすところを思ってしまう？」ジークが茶化した。

彼女はふいにジークを見た。「違うわ」

ジークは真顔になった。「冗談だよ。椰子《やし》の木陰で愛を交わすという歌詞なのを知ってるだろう？」

ケイトリンがうなずくと、彼は言った。「あの曲を聴いて、セックスのことを考える人が多いみたいだケイトリンはほほえみ、その笑顔にジークはたちまち参ってしまった。

「いいえ」彼女はゆっくりと言った。「私には、特別な誰か——苦しいときにいっしょにいてほしい人と強く結ばれることを歌っている気がするわ」

なんてことだ。ジークはひどく驚いた。たいていの人はセックスの部分にとらわれて、僕の幻想とは解釈がずれてしまうことがほとんどなのに。

「あなたはいつも、楽屋に見ず知らずの女性を入れるの？」ケイトリンがふいに尋ね、その瞬間、しまったという顔をした。

ジークは笑みがもれそうになるのをこらえた。

「たまにね」彼は認めた。「どうやら僕のマネージャーは、僕がそこそこファンの手に届きそうなところにいるのが、いい宣伝になると考えているらしいから」

「だから、今もここにいるの？」

彼は肩をすくめた。「これも仕事のうちだよ。ほどよくふざけたり、遊んだりするのさ。たいていの女の子たちは、ジーク・ウッドローに会ったことをあとでしゃべり散らすから、いい噂《うわさ》として、一般にもマスコミにも流れるってわけだ」

ケイトリンがうなずく。

ジークはこんなに率直な自分が信じられなかった。しかし、古典的な美しさのある無垢な彼女の顔が語りかけてくるのだ。彼女には気楽に話ができる。マーティが知ったら、きっとたじろぐだろう。

「自分の仕事のどんなところが好き？」ケイトリンが尋ねた。

「曲作りだよ」

彼女はかすかに目をみはった。「ステージでの演奏ではないの？」

「いや」ジークがそっけなく答える。ケイトリンはよ」

微妙な話題に向かっていく特技があるらしい。ジークは咳《せき》ばらいをして、彼女のビールのほうに首をかしげた。「飲んで」

彼女はもう一口飲んだ。

ジークも一口あおって、簡単に説明した。「コンサートはケーキの砂糖衣のようなものだよ」

「最近では、自分で曲を作るミュージシャンは珍しいわね？」

「めったにいないね」ジークが同意した。

ケイトリンがあたりを見まわす。「パーティは？今ごろは、コンサートのあとの打ち上げがあるんじゃないの？」

「ああ。でも、君とここにいるほうがいいな」

ケイトリンがくるりとジークのほうを向いた。

「まあ」

ジークは自分が本気なのに気がついた。ケイトリンには可憐《かれん》で無垢な雰囲気がある。彼が属する世界では、めったにお目にかかれないものだ。「ときどき、パーティはパスしてしまうんだ。特に、翌日のスケジュールがいっぱいのときはね」

「パーティがないときは、どうしているの？」

僕くらいになると、いつもどこかしらに顔を出すパーティがあるものだ。ジークはそう言ってみたかった。だが、ほんとうのところを白状した。「スタッフの誰かの家に招待してもらって、ディナーにありついているよ」

ケイトリンは納得したように明るくほほえんだ。

二人はじっと見つめ合い、ケイトリンの笑みが消えていった。

彼女にキスしたい衝動がふたたびむくむくとわきあがる。

ジークがケイトリンの顔に手を持っていこうとしたそのとき、ドアにノックの音がした。

ちくしょう。

「誰だ?」

バンドのエンジニアがドアの向こうから頭をのぞかせた。「車が来ているよ。君に知らせるようマーティに頼まれたんだ。彼はもうホテルへ向かっている」

ジークが立ちあがった。「わかった。十分で行く」

エンジニアはジークからケイトリンに視線を走らせ、またジークに目を向けた。「すばらしい」そしてドアが閉まった。

ジークがケイトリンのビールに手を伸ばし、彼女は立ちあがった。ボトルを受け取るとき、二人の指が触れ、ジークははっとなった。ケイトリンも同じなのは、目を見ればわかる。

「君もいっしょに行くかい?」

彼に言うのよ。言いなさい。インタビューするためにここに来たことを。

それなのに、サマーはこう言った。「ええ」

ジークは満足そうだ。「よかった」

この部屋へ入ったとき、ほんとうの目的を明かすのはまだ早いという本能が働いた。それで、サマーは名前をきかれると、ミドルネームのケイトリンを名乗った。それから、あれよあれよという間に引き返せないところまで来てしまった。明らかにジークは彼女をファンの一人だと思っているし、時間がたてばたつほど、誤解を解くのがむずかしくなる。

楽屋へ入ってからというもの、サマーは、ジークの力強さと圧倒されそうな雰囲気に衝撃を受けていた。初めは、緊張してびくびくしていた。それから二人は、はるか昔からの知り合いどうしが交わすような個人的な会話に入っていった。

それにしても不思議なのは、サマーがまるでジークを以前から知っているように感じたことだ。もしかしたら、彼のことを下調べしたからかもしれないし、コンサートを見たせいかもしれない。

　それでも、こうして、どこまでも青い瞳、彫りの深い顔立ち、広い肩、そしてたくましい体をした彼を目のあたりにしていると、胸が高鳴り、肌にふるえが走るのをとめられない。

　サマーはジークをはるか昔から知っているような気持ちだったかもしれないが、体は記憶にある幻影以上の結びつきを求めてやまなかった。

　ジークはサマーのコートとバッグをソファから取りあげた。そしてバッグを彼女に手渡すと、コートを広げて待った。

　思いがけないジークの行動に、サマーは驚き、また、喜びを感じた。彼のようなロックスターが行儀作法のクラスのお手本のようなマナーを身につけていると誰が考えるだろう？

　サマーがうしろを向いて、コートの袖《そで》に腕を通す。襟を持っていた手を離すとき、ジークの手が首をかすめ、熱いものがサマーの体を走った。ジークには彼女を興奮させるものがある。そして彼女は興奮をしずめたくない自分に気がついた。

　サマーはジークのほうを向いて明るくほほえんだ。

「いいかい？」ジークがレザージャケットをフックからはずしながらきいた。

　サマーがうなずく。とにかく早く機会をとらえて、インタビューを希望する記者だということを彼に伝えなければならない。しかし、そう思いながらも、適当な時を見はからうべく、サマーはぐずぐずしていた。

　ジークは先に立って廊下を進み、ステージ裏にあたる場所に出た。すぐに数人のボディガードとスタッフが合流する。そのうちの一人が開けて押さえているドアを出ると、三月の冷たい風が吹きつけた。

　あたりを見まわすと、そこはまだ敷地の中だったが、下り坂の車道が道路へと続いている。「ここはどこなの？」サマーは尋ねた。

　サマーがふるえているのに気づいたらしく、ジークは尋ねた。「寒いのかい？」リムジンがとまると、彼は片方の腕でサマーを抱いた。

　サマーがさらに身をふるわせた。今度は寒さのせいではなかったが。

　ジークがサマーを見おろして口元をほころばせた。

「君の質問に答えると、ここは〝秘密の〟出口だ。この車道は機材を上げ下ろしする駐車場に出る。車道も駐車場も一般の出入りは制限されているんだ」

「ゆうべの出方と違うわ」サマーはつぶやき、そのあとどぎまぎして、頬が熱くなるのを感じた。

　ジークがにやりとする。「見ていたのかい？」

「まあね」ジークに寄り添って立っていると、彼のぬくもりが伝わってくる。心ならずも、もっと身をすり寄せたくなる。

「ゆうべは、上客向けの出入り口から出たんだ。コンサートのあとで、今回のイベントに大口の寄付をしてくれた人たちに礼を言いに、プライベートボックスまで行かなくてはならなかったから」ジークはウインクした。「これも、将来、基金を設立するための努力だよ」

「そうなの」サマーは単純にも、たいていのスターは高級感あふれる上客向けの出入り口から外に出るものだと思っていた。それでは、昨夜ジークが出ていくところを見られたのは、まさに天の恵みだったというわけだ。

「もちろん、しつこいファンやパパラッチをまくという利点もあったけれどね」ジークは二人の前にとまっているリムジンのほうへうなずいた。「いったん通りに出たら、カメラマンたちが車のスモークガラスに高性能レンズを向けても、驚かないでくれ」

「すさまじそうね」すさまじそうなのではなく、実際、すさまじいのをサマーは承知していた。裕福で有力なエリオット家の一員であるサマーの生活は、ジークとは似ても似つかないけれども、思いがけないときにカメラマンにスナップ写真を撮られた経験はある。

無線電話を手にした警備員が手を伸ばし、二人のために後部座席のドアを開けた。

「乗って」ジークが言う。

二人が乗りこみ、車が走りだすと、サマーは尋ねた。「どこへ向かっているの?」

「〈ウォルドルフ・アストリア〉だよ。ニューヨークにいるときは、いつもそこに泊まっている」

まあ。祖父母の知り合いや、ほかのエリオット家の誰かにでくわさないようにとサマーは祈った。今のような服装で、〝バッドボーイ〟と呼ばれるロックンローラーのジーク・ウッドローといっしょのところを見られたら、眉をつりあげられるに決まっている。

リムジンが警備の手を離れて、通りに出るとすぐに、カメラのフラッシュがひらめいた。ジークが言っていたとおりだ。幸い、角の信号は青で、誰かが窓にカメラを押しつける前に、車はすばやく通り過ぎた。サマーは誰にも写真を撮られていないように強く願った。

〈ウォルドルフ・アストリア〉に着いてからがまた一騒動だった。入り口へ着くと、まず、リムジンの前を走っていた車から数名の警備員とスタッフが降りた。

サマーはまもなく手厚い警備に感謝するようになった。彼女とジークが車から降り、急いでホテルの入り口へ向かうと、警備員がカメラマンと嬌声《きょうせい》をあげるファンを押しとどめた。

サマーは下を向いてコートの襟を立て、目元に手をかざして顔を隠すようにした。ジークにあやしまれたくないので、あからさまにカメラを避けるようなことはしたくなかった。一方で、明日の朝、写真が『ニューヨーク・ポスト』紙のゴシップ欄に載っているところも考えたくなかった。

ホテルの中に入り、サマーはエレベーター乗り場へ向かうジークのあとについていった。

ジークはおもしろそうにサマーを見おろした。「写真を撮られるのが恥ずかしい？」

「カメラマンたちは、あなたがどこに泊まっているか、いつもつかんでいるの？」サマーはひどくいらだちながら尋ねた。

「そうなんだ。もちろん、ニューヨークではいつも〈ウォルドルフ〉に泊まるから、推測することもないけどね」

「それから、あのスタッフたちはあなたにつきっきりなの？」

ジークがいたずらっぽくにやりとする。「さぐりを入れているね」彼はサマーのうしろからエレベーターに乗りこみ、ボタンを押してドアが閉まるのを見ていた。

閉じられたエレベーターの中で、サマーは強くジークを意識した。彼の男らしさと、露骨なまでのセックスアピールを。「これからどこへ？」彼女は声の調子を平静に保つように努めて尋ねた。

「僕のスイートルームだよ」ジークが言い、エレベーターのドアがふたたび開いた。

〝言うのよ。言いなさい〟私がなにをしに来たか、はっきりしていたのは遠い昔のことみたいだ。今こうして、二人でジークの部屋に向かっているなんて！

それでも、言葉は出てこなかった。サマーは二人の間に感じられる、奇妙な興奮のようなものにとらえられていた。

また別の警備員の横を通り過ぎる。彼の仕事は言うまでもなく、招かれざる客をジークの部屋へ近づけないことだ。そして二人は部屋へ入った。

部屋の中にはクラシック音楽が流れていた。ジークのあとについて長い廊下を通り、大きなシャンデリアがある居間の入り口でサマーは足をとめた。部屋の一方の端に、十二人はゆっくり座れる大きなダイニングテーブルがすえられ、反対側に暖炉があり、ソファや椅子が置かれている。

装飾は趣味がよく、下品さや安っぽさは少しもない。実を言えば、サマーは、ロックスターが泊まる部屋は品がなくて安っぽいのだろうと思っていた。

「これで、僕がいつも〈ウォルドルフ〉に泊まるわけがわかったろう」ジークがにやりとして、ジャケットを手近な椅子に置いた。

「まあね」サマーが言うと、ジークは彼女のコートとバッグを取りあげた。

サマーは抑えた贅沢《ぜいたく》さには慣れていた。そういったものに囲まれて育ったのだから。ただ、ジークの部屋にそれを期待していなかっただけだ。しかし、サマーがすっかり感心していると彼が思っているかもしれないので、はっきりしたことは口にしなかった。

ジークはサマーのすぐそばに立っていた。二人は見つめ合った。

「バスルームを使いたいなら、廊下を行って右側にあるよ」ジークが張りつめた空気を破って言った。

「あ、ありがとう」

そう応じる声は、サマー自身の耳にも息苦しそうに聞こえた。考える時間が必要だ。どうすればいいかはっきりさせる時間が。

サマーがじっと動かずにいると、ジークがわきに寄った。

彼女は頬が熱くなるのを感じた。「す、すぐに戻るわ」

言葉がつかえてばかりいることが、サマーはうらめしかった。これ以上落ち着きなく見えることってあるかしら？

うしろからジークの声がした。「僕はシャツを着替えるよ」

「わかったわ」サマーはなにげなさそうに聞こえるよう努めたが、背後から聞こえるジークの足音の一つ一つを意識していた。

サマーがバスルームの前の狭い廊下で足をとめ、うしろを振り返った。危うくジークとぶつかりそうになる。

サマーを支えようとしてジークが手を伸ばし、二人は身を硬くした。ジークは彼女の腕をつかんでいる。

なんて途方もなく青い瞳かしら。こんな瞳、見たことがないわ。サマーはうっとりと、前にも思ったことを感じていた。

「ずっとこうしたいと思っていた」ジークがくぐもった声で言う。

「こうって？」サマーが息を吸いこむ。

「こうだよ」ジークは顔を近づけてキスをした。

キスは電流のようで、サマーの爪先までしびれが走った。

唇を離し、ジークが言った。「変に聞こえるかもしれないが、君のことを知っているような気がするんだ。今夜より前からという意味だけれど」

「変じゃないわ。私もそう感じているんだもの」サマーが打ち明けた。

どう説明したらいいのだろう？　そんなことはばかげている。しかしサマーは、ジークを以前から知っていて、この瞬間を今までずっと待っていた気がした。

ジークがふたたび顔を近づけ、サマーはすでに覚えてしまった彼の香りと唇の感触を待った。

今度のキスは、ゆっくりとしたエロチックな動きだった。いつの間にかサマーは壁に寄りかかっていた。

ジークがさらに口づけを深めると、サマーは身をふるわせ、自分を開いていった。彼の胸から肩に手をすべらせ、引き寄せる。体をすり寄せて、腿から広い胸まで、贅肉のない彼の体を余すところなく感じた。

ジークがサマーの唇から顎へ、そして耳の下の敏感な部分へと唇を這《は》わせた。デリケートな耳たぶを彼の唇がたどり、彼女はうめき声をもらした。

サマーは突き刺すような、なまなましい欲望を感じた。彼女はティーンエイジャーのころ、ほかの少女たちのように映画スターや有名人に夢中になったことがなかった。そんなことにうつつを抜かすには、彼女はあまりに理性的だった。ところが今になって、本物のロックスターを前にして、彼女の抵抗は砂でできた家のように崩れ去ろうとしている。

ジークの両手がサマーのわき腹を撫《な》でおろし、腰から背中へと移り、しっかりと抱き寄せた。

「いけないわ」サマーがつぶやく。

「そうだね」ジークは夢中でサマーの首にキスをしている。

サマーはジークがキスしやすいように首をかしげた。「こんなことをしてはいけないのよ」

「でも、申し分ない気分だ」

サマーは反論できなかった。

「君とはいつも夢の中で会っていたよ」

「すてきね」

ジークはサマーの喉に唇をつけたまま、笑った。

「すてきだった」顔を上げて、彼女の目をのぞきこむ。「でも、本物のほうがもっといいよ」

ジークはサマーの頬を包み、焼けるような口づけをした。

やっとジークが顔を上げたときには、二人とも荒い息をしていた。「僕を信じる?」

サマーがうなずく。

ジークは身をかがめてサマーの膝のうしろに手をすべらせ、軽々と抱きあげた。

サマーがジークの顔を引き寄せ、もう一度焼けつくようなキスを交わすと、彼は廊下のいちばん奥の部屋へと向かった。

いつもの理性的なサマーなら、今ごろパニックを起こしていただろう。でも、今日の彼女はあふれんばかりの期待に胸をふくらませている。

〝内なる女神を解き放て……〟。内なる女神を解き放て……〟

そう。今夜は服装が違うだけではない。サマーの自分を抑える気持ちも砂漠の水のようにまたたく間に消えていた。

ジークが恋の歌を次々と歌うのを聞き、それから彼を目のあたりにしてセクシーな声を耳にし、青い瞳をのぞきこんで彼に刺激的に触れられ、サマーの防御は弱くなっていた。

ジークは贅沢にしつらえられたベッドルームにサマーを運び、キングサイズのベッドの足元に下ろした。

ジークの指がサマーのセーターの裾《すそ》に伸びる。「脱がせてもいいかい? 君に触れたくてたまらない」

理性的なサマーは警戒した。しかし、奔放なサマーが答えた。「いいわ」

ジークはセーターを脱がせて、わきにほうった。そしてワインカラーのデミカップのブラジャーを眺めて、賞賛に目をみはった。

「きれいだ」

率直にほめられて、サマーは体をふるわせた。今になって、スカーレットにそそのかされて、いちばんセクシーな下着をつけてきたことに感謝した。その下着もたまたま持っていたものではなく、先ごろいっしょにショッピングに行ったときに、スカーレットに勧められて買ったものだ。

サマーは、そのサテンのブラジャーとそろいのパンティを身につけても、なんの役にも立たないと思っていた。事実、昨夜、スカーレットと言い争いをして、こう言ったのだ。〝どうしてコンサートにセクシーな下着をつけていかなければならないのかわからないわ。誰かが見るわけでもないのに〟

スカーレットはいらだたしげにため息をついた。

〝下着も全体の装いの一部なのよ。セクシーに装えばセクシーな気分になるし、物腰もセクシーになるわ〟

ジークの指先が円を描くようにサマーの肩を撫で、それから腕をすべり、胸の頂にたどり着いた。

もしジークがあまりやさしくなかったら、サマーは背を向けて逃げ出していただろう。だが、彼女は彼のやさしさにとろけていく自分を感じていた。

ジークはブラジャーの肩ひもを下げ、あらわになった胸のふくらみを手でおおった。親指の腹で先端を撫でると、硬くとがった。彼の表情が欲望に張りつめ、陰りをおびる。

サマーは低く声をもらした。膝に力が入らず、体中の敏感な部分が興奮に目覚めている。ジークは彼女を引き寄せて、胸の先を口に含んだ。サマーは彼にもたれ、彼の髪に指を差し入れた。

ジークは片手でブラジャーのホックをはずし、もう一方の胸に唇を這わせた。そして両手でスカートを脱がせる。

サマーはジークの唇を胸に感じ、快感に気をとられながらも、スカートが床に落ちる音をかすかに聞いた。

やっとジークが体を離し、サマーの姿を見て、目をみはった。彼女はパンティと腿までのストッキングとロングブーツだけを身につけていた。

「すてきだ」ジークはシャツを頭から脱ぎながら言い添えた。「僕も同じ姿にならないとね」

ジークが服を脱ぐのを、サマーはむさぼるように見つめた。すばらしい眺めだ。広くたくましい胸。贅肉のない力強い体。

二人はふたたび抱き合い、手はたがいを求め、熱いキスを交わした。

サマーはジークの高まりが押しつけられるのを感じ、体をすり寄せた。

ジークは顔を上げて、うめくように言った。「君を抱きたい」

「ええ」

「君は命を持った夢だ」

「きっとそうね」サマーは自分のなりを見おろしておどけた。「ストッキングにブーツ姿でも?」

「そうだよ」ジークの目がきらめく。「座ってごらん。脱ぐのを手伝うよ」

言われたとおり、サマーはうしろのベッドに腰を下ろして、片脚を持ちあげた。

サマーから決して目を離さずに、ジークはゆっくりと片方のブーツのジッパーを下ろして、わきへほうった。ストッキングを下ろし、それもわきへほうる。それから、彼女の足首の内側に熱い唇をつけた。

サマーはそれほどまでの興奮を覚えたことはなかった。うっとりしながら、彼がもう片方の脚も同じようにするのを見つめた。

そのあと、ジークは靴を脱ぎ捨て、下着といっしょにジーンズを脱いだ。彼は高まりをあらわにした、一糸まとわぬ姿でサマーの前に立っていた。

「すばらしいわ」

ジークは片眉をきゅっと寄せた。おもしろがるような表情がよぎる。「君もね」彼はあたりを見まわして、近くの椅子に置いてあった手荷物用のバッグのところへ行った。しばらくせわしく中をさぐると、なにかを取り出して、ベッドのところへ戻ってきた。

「一瞬、手持ちがないかと思ったよ」

サマーはジークの手の中の小さな包みにちらりと目をやった。避妊具だ。ふいに、これから自分がとんでもないことをしようとしているのに気がついて、息をのんだ。「今、言っておいたほうがいいと思うの――」

「なにを？」

「私、初めてなの」

3

ジークが驚いたように動きをとめた。「初めてだって？」

彼にどう思われたか定かでないまま、サマーはうなずいた。「ええ」

彼女の耳には、ジークがたしかにこうつぶやいたように聞こえた。「やっぱり」

「なに？」

「なんでもないよ」ジークは面くらっているようだ。「どうやら初めてづくしらしい」彼はそこで言葉を切った。「僕はバージンとベッドをともにしたことがないんだ」

「あら」サマーはしばらく彼の言葉の意味を考えた。

「ハイスクールのときも？」

「なかったよ」それからジークはからかうような口調になった。「おたがいに憶測しているみたいだね？」

サマーは恥ずかしさに頬が赤らむのを感じた。

ジークがサマーの目を見る。「君の心の準備ができていなければ、やめておこう」

ほら。サマーは思った。あと戻りする最後のチャンスよ。けれども不思議なことに、それだけはしたくなかった。「私はいいわ」小さくささやく。「あなたと結ばれたい」

ジークはうなずき、肩の力を抜いた。「君が僕を求めているよりもずっと、僕は君を求めているよ」

彼は先ほどの小さい包みを破った。

「私にさせて」サマーがジークを見る。「つけ方を教えて」

ジークが息を吸いこんだ。強く。

「お願い」サマーは手を伸ばした。

ジークがその手をとって、彼女に教えながら、避妊具をつけさせた。彼は喜びに目を閉じた。

避妊具の上からサマーは愛撫《あいぶ》を続けた。ジークがどうすればいいかを教える。

「ああ」ジークは息をついて、目を開けた。その目が欲望に陰っている。「飛びあがってしまいそうだ」

サマーがジークのほうへ手を伸ばし、ジークはサマーのそばに横になって彼女を抱き寄せた。そして唇から首へ、さらに下のほうへと口づけを続ける。

サマーは、ものうく、みだらで、セクシーな気分だった。口づけをされるたびに、体の力が抜けていく。スウェーデン式のマッサージよりすてきな気分だわ、と彼女は思った。しかも二人は、クライマックスにさえ達していない。

ジークはサマーの体にキスをしながら、もみほぐすように肌に触れ、彼女の感覚を目覚めさせていった。

やさしく攻められ、サマーが身もだえする。「あ、ジーク！」

「しいっ」ジークがなだめるように言う。「ただ、感じて」

どうすれば、ただ感じていられるのだろう？　サマーは身をふるわせながら、ジークの腕にすがった。まるで自分がきりきり引き絞られていく弓のように感じられる。

なだめるように語りかけるジークの声が遠くから聞こえた。それから彼は、指の動きはとめないまま、すぐ横に来て彼女を引き寄せた。サマーは身をふるわせて自分を解き放った。

やっと人心地がつくと、サマーはけだるい目をジークに向けた。

「あなたと一つになりたいわ」彼女はささやいた。

「それが聞けて、うれしいよ」熱いまなざしを向けながら、ジークはサマーの腿の間に体を落ち着けた。そして、すばやく、激しいキスをした。「痛くないようにするよ。君はキスに意識を集中していてごらん」

ジークは手と唇をやさしく動かしながら、容赦なく体を前に押し出した。

サマーは体が押し広げられるのを感じた。一瞬、恐怖感が入りこむ。しかし、それが居座る前に、ジークが彼女の中に身を沈めた。

サマーはキスしていた唇を離して、息をのんだ。鋭い痛みが走ったが、まもなく消えた。押し広げられる感覚はそのままで、その奥に喜びがあった。

「痛んだかい？」ジークが心配そうな顔をする。

「大丈夫よ。すぐおさまったわ」

ジークはほほえんだ。「でも、こっちはまだ終わっていない」

彼はゆっくりと体を動かしはじめ、その動きにどう合わせればいいか、サマーに教えた。励ます言葉をささやき、彼女が自分にどんな感覚を与えるかを口にしながら。

サマーは張りつめていくのを感じた。ジークがきわどい質問をささやき、答えを言わせようとそそのかすと、ますます強く興奮がつのっていく。

今までのサマーだったら、困惑して、頬を染めただろう。しかし、今夜は自由で、こだわりがなかった。

ジークは信じられないほどすばらしく、完全にサマーを圧倒していた。セクシーな甘い言葉をささやかれ、彼女は危うく我を忘れそうになった。

やがてジークが動きを速め、激しく、かすれた息づかいになった。サマーの中の縮んだばねがはじけようとしていた。ジークが体を前に押し出す。一回、二回……。

ジークがクライマックスを迎える寸前に、サマーは歓喜の頂点に達した。彼は体をこわばらせて、ぐっとのけぞり、それからぐったりと彼女の上に身を投げ出した。

二人の息がしずまり、心臓の鼓動も穏やかになると、サマーがかすれた声で言った。「とてもいいタイミングだったわね」

ジークは大笑いしてサマーの鼻の頭にキスをした。「ほめ言葉ととっておくよ」彼はサマーの横に来て、彼女に片腕をかけて抱き寄せた。

ジークは幸せな気分で目を覚ました。しかし、そんな気分は長くは続かないものだ。

日の光が部屋に差しこんでいる。目を閉じていても、彼にはそれがわかった。明るいオレンジ色の靄《もや》がまぶたの前で躍っていたから。

ジークはほほえんだ。

長い、満ちたりた夢を見ていた。何カ月も頭を悩ませていた曲を作っている夢だ。

ジークは何小節か口ずさんだ。目が覚めてからこの曲の一節でも覚えていたのは、これが初めてだ。ついに壁を突破することができたのにはわけがある。それは隣に横たわる女性だ。彼女こそが、昨夜をとびきりすてきな夜にした第一の理由だ。

ジークはケイトリンを求めて手を伸ばした……。そして、そこには誰もいなかった。念のため、もう一度腕を動かしてマットレスを軽くたたく。なにもない。

ジークはまばたきをして起きあがった。あたりを見まわすと、幸せな気分は消えてしまった。ケイトリンの服が見あたらない。スイートルームのどこかに人がいる気配もなかった。

それでも万が一、間違っていることもあるかもしれない。彼はベッドを下りて、裸のまま、部屋を出ていった。

バスルームをのぞき、次に居室部分をチェックする。そして、事実に直面しなければならなかった。

ケイトリンは、楽しかったわ、ありがとう、の言葉も残さずにいなくなってしまった。さらに悪いことに、ジークは彼女のフルネームさえ聞いていないのだ。

胃がずんと重くなる。ちくしょう。ジークは常識的にものごとが考えられるようになるまで壁を殴りたい衝動と闘った。いらだちに身をまかせたらどうなるか。明日の新聞の見出しが目に浮かぶ。〝バッドボーイのロッカー、豪華なホテルの部屋をめちゃめちゃに〟

ジークはベッドルームに戻り、髪をかきあげた。考える時間が必要だ。彼女を見つけ出さなければ。彼女は僕の創造力へいたる鍵《かぎ》なのだから。そうかといって、ケイトリンという名前しか知らない女性と一夜をともにしたことを話してまわるわけにはいかない。

　ジークは昨夜結ばれた証《あかし》の、シーツについた血液のしみに目をとめて、悪態をついた。彼女は無垢《むく》に見えた。そして、そのとおりだった。

　彼女をさがし出さなければ。彼女に会って、ずっとさがしていたものをついに見つけた気がしていた。見つけた今になって、みすみす彼女を失うつもりはない。

　ナイトテーブルの目覚まし時計に目をやると、まだ早朝だった。

　なにをすればいいかをじっくり考えながら、ジークはルームサービスの朝食を注文した。それからバスルームへ行き、シャワーを浴びて服を着た。

　今日もまもなく、マーティやほかにも数えきれないほどの人が、今日の予定のことで電話をかけてくるはずだ。今朝、つかの間の静けさを得られたのは、〈医療に協力するミュージシャン〉のコンサートが昨夜で一段落したからだ。

　ルームサービスが来るまでに、たった一つ望みを持てそうな計画を思いついた。私立探偵を雇うことは別として。

　ケイトリンはこの先開かれるコンサートのチケットを前もって買っているかもしれない――おそらくクレジットカードで。そうしたら、予約受付係がフルネームを控えているはずだ。それさえわかれば……。

　ジークは腰を下ろし、朝食のパンケーキとスクランブルエッグとベーコンを食べた。朝食といっしょに頼んだ新聞にうわの空で目を通す。

　コーヒーを一口飲み、昨夜のコンサートについてゴシップ欄になにか書かれていないかと『ニューヨーク・ポスト』紙をめくる……そして、危うくコーヒーを吹き出しそうになった。

　カップのコーヒーがこぼれ、火傷《やけど》しないように、すばやく椅子から立ちあがった。

　紙面から、パパラッチが写した写真がジークを見あげていた。彼とケイトリンが昨夜、〈ウォルドルフ・アストリア〉のエレベーターに乗りこもうとしているところだ。記事の書き出しは、〝女性遺産相続人のスカーレット・エリオットとミュージシャンのジーク・ウッドローが深夜にデート!〟というものだった。

　遺産相続人だって?

　いったいどういうことだ?

　苦々しい怒りがこみあげてくる。昨夜はまんまと一杯食わされたのだろうか?

　そんなはずはない。彼女は間違いなくバージンだった。ジークはまだ眉を寄せたままだった。彼女はロックスター相手にホテルの部屋で純潔を失うことに奇妙な妄想を抱いていて、それを満たしたかっただけだろうか。

　ジークは記事の残りにすばやく目を走らせた。どうやら、実際のところ、ケイトリンは有力なエリオット一族の一員で、一族の出版社の財産を受け継ぐ女性相続人のスカーレット・エリオットらしい。〈エ《E》リオット・パ《P》ブリケーション・ホ《H》ールデングス〉の名前とその一族のことは、ジークも耳にしたことがある。

　彼の記憶が正しければ、エリオット一族の会社は、高級ニュース誌『パルス』から有名人の記事を載せる『スナップ』誌まで、あらゆる雑誌を所有している。

　まあ、少なくとも、これで〝ケイトリン〟に行き着く方法がわかったわけだ。ゴシップ欄が手間を省いてくれた。

　だが、あいにく別の問題が出てきた。それは、ケイトリンはただのグルーピーではないということだ。彼女は女性相続人。しかも、ジークが純潔を奪ったばかりの。さらには、彼といっしょの写真があらゆる朝刊に載っているのだ！

ジークはエリオット一族の家業が出版業ということ、ケイトリン――あるいはスカーレットか、名前はなんであれ――が彼のもとにやってきたのが偶然であるように祈った。そうでないと、あとがやっかいだ。そして、やっかいごとにとことん首を突っこむつもりなら、彼のダフネそっくりの女性もまた、巻きこまれることになる。

ジークは受話器をとって住所案内にかけ、ＥＰＨの住所をきいた。

サマーは、ＥＰＨ本部のオフィスで、パーテーションの壁を見つめていた。

この二十四時間で、どれほど自分の人生が変わってしまったかが信じられなかった。

いつから私はこんなに本能むき出しになったの？

こんなに愚かになったの？　サマーはたじろいだ。それに、ジョンになんて言えばいいのかしら？

ありがたいことに、ジョンはまだ出張中だ。それにしても、彼になにが言えるだろう？

〝あら、おかえりなさい。帰ってきてくれてうれしいわ。ええ、ええ……いいえ、たいしたことは起こらなかったわ。ロックスターを相手にバージンを失っただけよ。彼の名前は聞いたことがあるんじゃないかしら？　ジーク・ウッドローよ〟

サマーはうめき、前かがみになって両手で顔をこすった。

気分が悪い。これから先、ずっと胃がねじれたままなのではないだろうか。彼女はかろうじてヒステリーの発作をこらえていた。

なにに取りつかれてしまったのだろう？

それはジークだ。

招きもしないのに答えが頭に飛びこんできて、サマーは体をほてらせた。

実のところ、昨夜のことは、熱く燃えあがったこと以外、なにも覚えていない。彼女の人生でもっともすばらしい経験の一つだ。マスコミの評判では、ジークは服を着替えるようにすばやく簡単に女性を取り替えると言われている。それにもかかわらず、彼は親切で、やさしく、思慮深かった。あれ以上のすばらしい純潔の失い方は想像できない。

それでも昨夜は、なぜあんなに無鉄砲なことをしてしまったのかとさいなまれる思いで、太陽がのぼるまで自分の部屋のベッドでぐずぐずしていた。そんなにたくさん酒は飲んでいなかった。たしかに、『カリスマ』誌のオフィスの奥で、スカーレットに服装を整えるのを手伝ってもらいながら、気付けにワインを一、二杯飲んだ。しかしそれは、〈ウォルドルフ・アストリア〉に足を踏み入れる数時間前のことで、ジークの楽屋ではビールを一本しか口にしていない。

いや、アルコールのせいにしてはいけない。安易な逃げ道になるだけだ。

もちろん、祖父が最近ばかげた挑戦を仕掛けたせいで、一族がばらばらになるのも目にしてきた。『バズ』誌の周囲も、以前よりぴりぴりしているのはたしかだ。

とはいえ、気をもんでどうなるのだろう？　彼女はしがない原稿整理係にすぎないのだから。プレッシャーを感じている人がいるとすれば、『バズ』誌の編集主任のシェーン叔父だ。

仕事について考えると、今朝、出勤したときのことを思い出して、サマーは肝が縮んだ。彼女は一時間遅刻した。彼女が部屋に入ってくるのを見て、シェーンは眉をひそめた。

出勤してからの一時間で、仕事がはかどれば、気分もよくなったのだが。あいにくサマーは、コンピューターの電源を入れ、コーヒー、水、ふたたびコーヒーを求めて給湯室へ三回行き、あとはただじっとパーテーションの壁を見つめていた。

どうやら、昨夜の〝らしくない〟ふるまいを釈明できるのは、この理由しかないようだ。その理由とはジョンだ。彼にプロポーズされてからの数週間、サマーは落ち着かず、間違ったことをしようとしているのではないかという思いに心がゆれていた。結婚式の計画を立てるはずなのに、スカーレットや祖母がその話題を出すたびに、話を避けている自分に気がついた。

しかし私は、ジョンと婚約しているから、あるいは、それをものともしないで、ジークとベッドをともにしたのだろうか？　無意識のうちに婚約を破棄したかったのか？　それとも、ただジークにあらがうことができなかっただけなのか？

長い間純潔を守ってきて、あんなに無造作に失ったことがいまだに信じられない。以前、分別あるサマー・エリオットは、渋るジョンを結婚初夜まで待つように説得した。

彼女は大学卒業後から〝ただ一人の人〟を選び抜くためのささやかな男性遍歴で、相手をふるいにかけてきた。彼女は結婚式をそのプロセスの最高潮として思い描いていた。その夜ほど、純潔を失うのにふさわしいときがあるだろうか？

待つのはそれほど困難には思われなかった。五カ年計画に従えば、彼女は二十六歳までに結婚することになっていた。そして、ポップスターのジェシカ・シンプソンが、魅力的なニック・ラシェイを結婚初夜まで待たせることができたのなら、彼女もジョンを待たせることができるはずだった。

それが昨夜、知り合って数時間しかたっていないジークとベッドをともにした。さらにひどいことに、ジョンのことは頭に浮かばなかった。朝を迎えるまで一度も。

自分は女性版のろくでなしだ。鬼だ。くずだ。今朝、鏡に向かったとき、体中が鱗《うろこ》におおわれていず、恐怖であとずさりすることもなかったのが意外なくらいだ。

サマーはため息をついた。

これまでは、悩みごとがあるときには、いつもスカーレットを頼りにしてきた。明け方、サマーがタウンハウスにこっそり戻ったとき、家はまだ暗く、寝静まっていた。スカーレットが仕事に出かける前に部屋をのぞきに来たときには、気分がすぐれないと口の中でつぶやいておいた。

昨夜のことは胸に秘めて、できることなら墓まで持っていこう。少なくとも、できる限り事実は明かさないでおこう。しかし、脳波が自動的にジークに向かってしまうようでは、遠からず、涙ながらにスカーレットに打ち明けてしまいそうだ。

サマーは立ちあがった。実のところ、持ちこたえられるのはあと二分が限度だった。

一階下の『カリスマ』誌のオフィスに着いて、スカーレットの席へ向かっていくとき、近くのミーティングルームから彼女の声が聞こえてきた。

タイミングが悪いわ。サマーは思った。どうやら、スカーレットは誰かと話している最中のようだ。

ミーティングルームの開いたドアのところに来ると、写真や雑誌の切り抜きがたくさんのった会議用のテーブルの向こうにスカーレットが立っているのが見えた。

サマーと目が合うと、スカーレットが目をまるくした。そして、片手でこっそり追いはらうようなしぐさをした。

しかし、サマーはその意味を理解しないうちに、一歩前へ踏み出していた。そして、テーブルのこちら側に立っていた男性が振り返った。

サマーの視線は、とてつもなく青く、とてつもなく怒りに満ちたジーク・ウッドローの瞳とぶつかった。

4

ジークはミーティングルームの入り口にいる女性を見つめた。彼の目が心の中で確信していたことを教えてくれた。それは、デスクの向こうにいる女性は、昨夜、めくるめく時をともにした女性ではないということだ。目の前にいるこの女性こそがそうだ。これでなにもかもがはっきりした。言うまでもなく、一卵性双生児だ。

少し前にミーティングルームへ足を踏み入れたとき、昨夜の女性にそっくりだけれど、別の女性のもとに来てしまったという感じがしてならなかった。とにかく、昨夜の女性に感じたような強烈な一体感は、今まで経験したことがないものだった。

それにしても、この二人の女性は僕にどんなゲームを仕掛けたのだろう？　爆発しそうな怒りにとらわれていない頭の片隅で、目の前の女性は昨夜自分が想像したのに近い服装をしているとジークは見て取った。昨夜の装いは彼女にそぐわないと思ったのは間違いではなかった。目の前の女性はほんとうにカシミアとパールずくめだった。

頭のてっぺんから爪先まで彼女をつぶさに観察し、ダイヤモンドの指輪に気づいて、ジークは目を細めた。

なんてことだ。彼女は婚約しているのか？　これ以上度肝を抜く隠し玉があるだろうか？

サマーが凍りついたように見つめるだけなので、ジークは、彼を近寄らせずに双子の姉だか妹だかにうまくなりすましていたデスクの奥の女性を見た。

「スカーレット・エリオットだね？」彼は冷笑し、それから最後に見たときには裸で彼のベッドに寝そべっていた女性を振り返った。「そして君は彼女と双子の……」

「サマーよ」彼女はやっと聞こえるくらいの声で言った。

「それでは、サマー」ジークは心にもないうれしそうな顔をした。「そんなに恐ろしそうな顔をしなくてもいいよ。でも、教えてくれないか。君とスカーレットはしょっちゅうこんな入れ替わりごっこをして遊んでいるのかい？　僕が君たちの最初の犠牲者だとは信じられないね」

「どうやって私をさがし出したの？」サマーが出し抜けにきいた。

「おや、いい質問だね」ジークは相変わらず楽しげな口調だ。そして、『ニューヨーク・ポスト』紙を一部取り出してゴシップ欄をめくった。「思わぬ助けがあってね」

サマーはジークから新聞を取りあげ、目をまるくして記事を追った。

「そう。そういうわけだ」ジークはスカーレットに目をやり、それからサマーに視線を戻した。「スカーレットは君のふりをしようとしたけれど、演技力が今一つだね」

スカーレットがかっとなった。「いいこと、ジーク、私のことは好きなだけ侮辱すればいいわ。でも、サマーのことを悪く言うのは許せない。自分がロック界の寵児《ちょうじ》だから、ここへ乗りこんで言いがかりをつけて当然と思っているのかもしれないけれど、あなたなんかとっととほうり出して、そのいかにもロックスターらしい髪をもっと芸術的にぼさぼさにしてやることもできるのよ」

ジークは眉をつりあげた。「これはこれは、ご令嬢は果たし合いには取り合わないというわけだ。ゆうべ、サマーが着ていたぴっちりしたお色気たっぷりの服は君のだろう?」

サマーが一歩前に出た。「やめて、二人とも」そしてジークのほうを向いた。「話し合いましょう」

「ああ。少なくとも、その点には合意するよ。いくつか答えてもらうことがある」

「でも、ここはだめよ」サマーはすかさず言った。「上の階の、私のデスクの近くにめったに使わない会議室があるの。そこなら、二人だけで話せるわ」

ジークが背を向けてサマーのあとからオフィスを出ていくときも、スカーレットは警告するように彼をにらんでいた。その顔はこう言っていた。〝気をつけなさい。いつでもあなたの耳をつかんで、ほうり出せるのよ〟

ジークはいたってのんきそうな笑みをスカーレットに向けて、オフィスを出た。

明るい模様が描かれた廊下をエレベーターへと向かいながら、ジークは気づいた。サマーは昨夜よりももっとセクシーに見える。

細い踵《かかと》のハイヒール、パールのネックレスにニットのアンサンブルという服装だ。古風な装いは、上品でありながら誘いかけるようだ。昨夜の服装をカーレースのグリーンフラッグとするなら、今の服装はよりセクシーで、ゴーサインというよりストップのサインだ。

ジークは自分の思いに気づいて、自制した。彼女には激怒することばかりなのに、それでも惹《ひ》かれてしまうとは困ったものだ。

上の階に着くと、ターコイズブルーの鋭い印象の内装がガラスとクロームをふんだんに使ったものに変わった。どうやら、ＥＰＨが出版しているほかの雑誌のオフィスに来たようだ。

ジークの心を読んだように、サマーが振り返って言った。「この階に『バズ』誌の編集部があるの」

「ということは」ジークは冷ややかに応じた。「君は『バズ』誌のスタッフなのか」自分に接近しようとする雑誌記者の手管にはまったかと思い、彼はまたしても爆発しそうな怒りを抑えた。マーティが知ったら、かんかんになるだろう。

「ええ」サマーは認め、そのあとで言い添えた。「あなたが来たとき、誰かに気づかれた？」

「十八階で起きた金切り声が聞こえなかったとは不思議だな」

サマーが驚いてジークを見つめる。

「心配なのかい？」ジークはついサマーをからかいたくなった。わざと間をとってから、もっともらしく説明する。「ここはニューヨークだ。言うまでもなく、僕が誰かわかっても、いちいち気にする人はいない。だから、有名人はニューヨークが好きなんだ」

会議室に着くと、サマーはドアを閉め、ジークは会議用のデスクの端に腰かけて腕を組んだ。

「さて、どこまで話したかな？」ジークは表面は楽しげに尋ねた。彼はサマーが答えるのをとめるように片手を上げた。「ああ、そうだ。君がどういうわけで雑誌記者だということを言うのを忘れたか、どうして真夜中にホテルの部屋をこそこそ抜け出したか、そしてなぜスカーレットのような服装をすることになったかを説明しようとしていたんだ」彼はサマーのダイヤモンドの指輪に目をやって続けた。

「もちろん、どこかにフィアンセを隠していることもね」

「隠してなんかいないわ。彼は今、出張に出ているの」

「隠すよりはましだな」ジークは突き刺すようなジエラシーを感じた。「君が知り合ったばかりの男を相手に、ホテルで純潔を失ったと知ったら、未来の旦那様《だんな》はなんて思うだろうね」

サマーは真っ赤になった。

ジークが小首をかしげる。「記事のために、純潔を捧《ささ》げるのはちょっと行き過ぎていないかい？　それとも、姉妹で仕組んだ悪ふざけなのかな？　結婚前の最後の浮かれ騒ぎみたいな？」

「やめて！　そんなんじゃないわ」

「やめて、か」ジークがまねた。「それが精いっぱいの答えかい？　さあ、サマー、育ちのよさなんかなぐり捨てて、本音でののしったらどうだ」

ジークはサマーのことで激怒していたが、自分に対してはもっと激しく怒っていた。バッドボーイですね者という定評をとる彼が、とりすましたお嬢様に利用され、つけこまれるとは。新聞が知ったら、さぞ忙しく駆けまわることだろう。

「ののしる気などないわ」サマーが言い返す。「それに、あなたの話は一方的よ。あなたこそ、毎晩違うグルーピーとベッドをともにしているの？」

「妬《や》いているのかい？」

「ばかばかしい」

ジークは不特定の相手とベッドをともにしているとか、していないとかを教えないことにした。どう想像しても、彼は修道士のような男ではないが、マスコミが報じる記事はたいていが誇張されていた。

とはいえ、ゆうべサマーと一夜を過ごしたことをどう説明すればいいのだろう？　君を見るたびにシンフォニーが鳴り響くとでも？　それは古くさくないか？　シュープリームスがずいぶん前にそんなヒット曲を飛ばしていたことは言うまでもない。だが、ほんとうのところはそれに近い。頭の中の曲を譜面にできさえすればいいのだが……。

ジークは声に出して言った。「君は二回嘘《うそ》をついた。まず、遺産相続人だということを言わなかった。そして、これだ」サマーの手を身ぶりで示す。「婚約しているんだね」

「嘘はつかなかったわ」

ジークが皮肉っぽく低く笑う。「そうかい、ケイトリン」

「それは私のミドルネームよ。私はサマー・ケイトリン・エリオットだもの」

「それで、いつもミドルネームを名乗っているのかい？」

サマーは肩を落とした。「いいえ。でも、私はただ、少し時間が欲しかっただけ――」

「少しって、いつまで？」ジークがさえぎった。「いっしょにベッドに入るまでかい？　新聞が書きたてるまでかな？」

サマーは両手を上げた。「わかったわ！　あなたが正しくて、私が間違っているのよ！　これが聞きたいんでしょう？」彼女は息を吐いた。「ちょっと説明させてくれないかしら」

「それなら、してもらおうか」

サマーは肩をいからせた。「私は、ただの原稿整理係なの。でも、目標は記者になることよ。あなたが今、音楽業界でいちばん熱い存在なのを知らない人はいないわ。『バズ』誌でも、ほかの娯楽雑誌でもいつも取りあげているわ。それで、インタビューを受けてくれるようにあなたを説得できないかと思ったの。めったにインタビューに応じないのは知っていたけれど——」

「それは、僕が語るかわりに音楽が語るほうが好きだからだよ」

やはり、思ったとおりだ。彼女が追っていたのはインタビューだ。〝インタビューのためのベッドイン〟だったんだ。ジークはかぶりを振った。上出来じゃないか。これは歌になる。彼は予感した。

サマーは両手をもみしぼった。「言葉にすると、ひどく聞こえるわね」

ジークが眉をひそめた。「ハニー、ひどく聞こえるだけじゃないよ。実際、ひどい話だ」

ジークは冷静になろうとしたが、部屋にサマーと二人きりでいると、体がむずむずしてくる。ほかにも、いまだに腑《ふ》に落ちないものがある。そもそも、サマーはバージンだった。これまでに起こったこととわかっていることを考え合わせると、その点がどうにも噛《か》み合わない。もちろん、彼女もまた欲望にさらわれたとすれば別だが。

ジークは平静な声を保って言った。「なぜスカーレットのような服装をしていたのか、まだ聞いていないな」

サマーがため息をつく。「水曜日の夜、慈善コンサートのあとで、あなたに近づこうとしたけれど、警備員にとめられてしまったの。グルーピーを装ったらうまくいくかもしれないとスカーレットがヒントをくれたのよ。もちろん、婚約指輪は家に置いていったわ」

ジークがもう一つ質問した。「そして僕とベッドをともにしたというわけか？」

サマーは顔を赤らめた。「それは予定外のことよ。あれは……私は……あれは、ただ、ああなってしまっただけ」

願っていたほどではないが、悪くはないな。ジークは思った。惑わされ、婚約のことを知らされなかったことをひどく怒っていたが、彼はなにがしかの慰めを感じた。それがいっそう彼の欲望をつのらせた。

それはさておき、昨夜まで純潔を守るのに、婚約はさしたる妨げにはならなかったようだ。これもまた歌になりそうだ。そう思うと、曲のアイデアが形を成しはじめた。

サマーはせわしなく目をしばたたいた。「ほんとうに申し訳ないと思っているわ。決してだますつもりではなかったの。ゆうべは、なぜあなたを訪ねたかを打ち明けるのにいちばんいい機会を待っていたの。でも、その機会は来なかったけれど」彼女は息をふるわせながら吸いこんだ。「ごめんなさい」

ジークはしばらくうつむいていたが、顔を上げてサマーを見た。「インタビューに応じると言ったら、どうする？」

サマーが目をまるくする。「受けてくれるの？で、でも、どうして？」

ジークはからかうような笑みを浮かべた。「たぶん、僕と話せる距離に来るために、そんなに苦労させた人はいないからね」それを言うなら、僕のベッドに入るために、かな。彼は心の中で付け加えた。

サマーは一瞬、どうしていいかわからないようすだった。

「それで、どうなのかな？」

「私たち、体の関係を持ったのよ！」

ジークは肩をすくめ、感情をともなわない口調になるよう気をつけて言った。「だから？　もう過去のことだ……」ごく近い過去ではあるが。「それに、今現在、付き合っているわけじゃない。どちらにしろ、今回の件はエンターテインメントの世界のことで、世界の地政学とかの問題ではない。誰もためらわずに、あらゆるつてを頼るよ。それがどんな具合でつながったかは関係なくね。それに、どちらにしろマスコミは、ゆうべ僕といっしょだったのは、君ではなくスカーレットだと思っているし」

サマーは視線を落とし、ジークの言葉をじっくり考えた。気がつくと、彼は息をつめていた。

窓から差しこむ朝日を浴びて、サマーは魅力的に見えた。ジークは悪い狼《おおかみ》になった気分だった。昨夜、彼女への欲望はあくことがなかった。あきるなど、とんでもない。

やっとサマーは顔を上げて、すばらしい淡いグリーンの瞳でジークを見つめた。「インタビューさせていただくわ。ありがとう」

ジークはつめていた息を吐き出した。さあ、いよいよサマー・エリオットの誘惑に取りかかるぞ。彼女はまだ知らずにいるけれど。

「彼とベッドをともにしたの？」スカーレットがあんぐり口を開けた。

「もう少し大きな声で話して」サマーはそっけなく言った。「隣のテーブルまで聞こえやしないわ」

二人は、いつもいっしょにランチを食べるEPHの四階にあるカフェテリアのボックス席に座っていた。ランチタイムに階下まで下りて、マンハッタンの通りにごったがえす人の群れの先を越すより、社内のカフェテリアのほうが早くて手軽だった。

「記者として訪ねたって話さなかったの？」スカーレットが問いつめた。

「ええ。そこまで話がいかなかったの」

「そんなことも話さないうちに？」

別のときだったら、こんな場面は滑稽《こっけい》に感じただろう。同じ日に、二度も誰かを仰天させるなんて。今の相手は、いつもは落ち着きはらったスカーレットだ。その前はジークで、彼もものに動じそうもない。はめをはずしたことがないサマーにとって、こんな日は初体験だ。「あなたは初めてのデートで体の関係を持ったことはないの？」

「ないわ」

「一度も？」

スカーレットはかぶりを振った。

明らかに、今回だけは、無鉄砲さで双子の姉に勝ったようだ。サマーは笑っていいのか泣いていいのかわからなかった。たぶん、ヒステリーの発作を起こしかけているのだろう。

「いずれにしろ」スカーレットが続けた。目の前のサラダは忘れられていた。「これは私のことじゃないし、単に男性と体の関係を持ったという問題でもないわ。ろくに知りもしない悪《わる》なロックスター相手に純潔を失ったのよ。新婚初夜まで待つとずっと言っていたのに」

結婚まで純潔を保つという決意を、スカーレットが真に理解していないのも、共感していないのもサマーは知っていた。それでも、姉が自分の考えに敬意をはらっているのは知っていた。今やその敬意さえ窓から投げ捨てられたのではないだろうか。

そう思うと、サマーはたじろいだ。そして力なく冗談にまぎらした。「ありがとう。もっとあさましく、くだらなく聞こえるように言ってくれないかしら？」

「それに、ジョンはどうするの？」スカーレットがきいて、頭を振った。「わからないわ。よりによって、なぜ結婚式が間近に迫っている今になって、純潔を失うの？」

サマーもジークのホテルの部屋を出てからずっと同じ問いかけをしていた。

今朝、仕事場でジークと対面してから、仕事はできないとあきらめて外に出ると、カフェに座ってランチタイムまでお茶を飲んでいた。

考える時間はたっぷりあった。そして、昨夜ジークに感じたような、いても立ってもいられないような、その場ですぐ結ばれたくてたまらないほどの魅力は今まで誰にも感じたことがないとしみじみ思った。その魅力には、説明も理屈も必要ない。ジークはいろいろな意味でサマーとは違っているし、明らかに、無難な男性が好きな彼女の好みにも合わない。だが、結果はこのとおりだ。

それだけでなく、ジョンと体の関係がないのは、たぶん情熱がないからではないかと思いはじめていた。はじける火花がない。もちろん、ジョンを愛している。彼もサマーを愛していると言った。しかし、もしかしたら、二人は都合のよさと温かい愛情を、性的な愛情と取り違えていたのかもしれない。

ジョンといると心地よく、安心感を覚える。そしてサマーは彼を理解している……。でも、たぶん、それだけではじゅうぶんではないのだ。

「なにを考えているの？」スカーレットが尋ねた。

「午前中ずっと、ジョンのことを自問していたの」

「それで？」

サマーはあきらめたように肩をすくめ、サラダをわきへ押しやった。もうそれ以上食べられそうにない。「わからないわ。たぶん、私は自分の五カ年計画と結婚にひどくこだわって、ジョンとの関係に感じている疑問を無視していたのね」

それに、おそらく、頭がおかしくなっていたのだろう。最終的に、サマーは情熱にさらわれた一夜をもとに、結論を出そうとしていた。情熱は、ジョンとのゆるがない確固とした関係に比べて、いかにも頼りない感情に思える。あるいは、ジョンとの関係はゆるがない確固としたものだと、彼女が思いこんでいたのかもしれない。

「彼になんて言うつもり？」スカーレットがきいた。

「わからないわ」サマーは白状した。「彼はまだ出張中だけれど、いずれ話さなくてはならないわね」

彼女は苦笑いした。「それでも、ゆうべはあなたが外出したと新聞が思ったおかげで、時間を稼げたわ。そうでなかったら、ジョンがニューヨークにいなくても、噂《うわさ》が彼の耳に入ったかもしれないと思って、びくびくしていたはずよ。彼が戻ったら、そっと切り出してみるわ」彼女はすまなそうにスカーレットを見た。「巻きこんでしまってごめんなさいね」

「気にしないで。ジークとの噂は華やかだもの」スカーレットが皮肉なユーモアをこめて言った。

そのとき、携帯電話が鳴った。サマーの電話だ。バッグから取り出して、ジョンからだとわかると、たじろいだ。

「ジョンよ」サマーは通話ボタンを押す前にスカーレットに言い、明るい声で応じた。「もしもし」

「やあ」ジョンの深みのある声が電話の向こうで響いた。「会えなくて寂しいよ」

なんて応じればいいだろう？「出張はどんな具合？」

「うまくいったよ」ジョンの声は上機嫌だ。「商談が早くまとまってね。それでどうなったと思う？今日の午後、シカゴから帰るよ。というか、今、空港にいる」

サマーは胃のあたりがずんと重くなった。

「今夜、食事はどう？〈ワン・イフ・バイ・ランド、トゥー・イフ・バイ・シー〉はどうかな？」

「いいわね」サマーは力なく答えた。〈ワン・イフ・バイ・ランド、トゥー・イフ・バイ・シー〉は、ニューヨークでもっともロマンチックなレストランの一つと見なされている。歴史的建造物である十八世紀に建てられた馬車小屋にある店だ。

「そろそろ搭乗する時間だ」ジョンがサマーのもの思いを破った。「会うのが待ちきれないよ。じゃあ」

「じゃあ」サマーは通話を切った。

「それで?」スカーレットがきいた。

サマーはずっしりと肩に重荷を感じながら姉に目を向けた。「早く戻ってくるんですって。それで、今夜、食事をするの」

スカーレットは水の入ったグラスを上げて、乾杯のしぐさをした。「ショータイムね」

5

サマーが六時に〈ワン・イフ・バイ・ランド、トゥー・イフ・バイ・シー〉に着くと、ジョンはそこのバーで待っていた。ジョンには早めにディナーをとりたいと伝えてあった。彼が出張で疲れているのを知っていたし、それよりも、仕事のあと直接会うことにして、サマーの家に彼が迎えに来なくてすむようにするのが大事だった。告げなければならない内容からしても、今夜は二人きりになりたくなかった。

ジョンはバーのスツールを下りた。「やあ、スイーティ」

サマーは親密な呼び方に動揺しないように努めた。

そんな呼び方をされると、自分が虫けらにも劣ることを思い知らされる。そして、ジョンが常にプリンセスに対するように接してくれたことや、自分がこれから聞かせることが彼にはふさわしくないことを。

ジョンが身をかがめてすばやくキスしようとすると、サマーは最後の瞬間に顔をそむけ、彼の唇は頬に触れた。

体を引くジョンの顔にかすかなとまどいが浮かんだ。

「席の用意はできているのかしら？」サマーは快活に尋ねた。

「できていると思うよ」

ジョンはバーテンダーにうなずき、勘定を払うと、サマーの腰に手を添えてうながした。女性の案内係がテーブルに案内し、ジョンはサマーが椅子に座るのを待ってから、自分も腰を下ろした。

テーブルに落ち着くと、ジョンは手を伸ばしてサマーの手をとり、親指で手の甲を撫《な》でた。「会いたかったよ」

サマーは弱々しいほほえみを浮かべた。

私は間違っているのかしら？　ジョンのいたわりのこもった茶色の瞳と警戒心のない魅力的なえくぼを見つめながら、サマーは自分の決心に疑問を感じ、さらに間違いを重ねようとしているのではないかといぶかった。ジョンといっしょにいるところを見られたら、どんな女性でも誇らしく思うだろう。彼はハンサムで、仕事熱心で、野心があり、信頼できる。一言で言えば、どんな意味でも夫にしたい男性だ。

「帰ってきてくれてうれしいわ」サマーは答え、手をそろそろと引っこめた。「ワインを頼むでしょう？」

ジョンは眉をひそめた。「ああ。まだそこまで気がまわらなくてね」そう言いながらも、ワインリストを取りあげて目を通しはじめる。

そのすきにサマーはジョンをじっくり眺めた。シャンデリアの光に、明るい茶色の髪がつやつやと輝いている。サマーにとって完璧《かんぺき》な相手のはずなのに、なにかがたりないのだ。

ジョンのことでは、いつも疑問につきまとわれてきた。やっかいな疑いは消えることがなかった。しかし、いったいなぜ、それらの疑問に直面しようとする前に、ほかの男性と結ばれなくてはならないのか?

ワインが運ばれてくると、二人は料理を注文し、ジョンの出張について話し合った。彼は広告業界でのキャリアをさらに高めるためにしょっちゅう出張に出ていて、テレビコマーシャルや新製品の販売促進キャンペーンにまつわるおもしろい話題にはこと欠かない。

「それで、うまく契約がまとまってね」ジョンはビーフウェリントンにナイフを入れた。「今、いちばん売れているあるハリウッド女優に、時計の出版物用の広告に出てもらうことになった」

「人気女優が承知したなんて驚きだわ」

「僕も意外だったよ。映画スターたちは自分のイメージからはずれるのを恐れて、アメリカ国内では広告に出るのを渋るからね。彼らは国外では広告に出るが、それも、アメリカ合衆国では使わないという契約のときだけだ」

「それなら、彼女がオーケーしたのはどうしてなの?」

「金さ。クライアントはこの広告に大金を払うことになるが、そこの最高経営責任者《CEO》はその価値があると見ている。なにしろ、ターゲットになるのが十八歳から二十四歳の年齢層だからね」

サマーは、ジョンが第二の天性のように広告業界用語を使うのに慣れっこになっている。彼は〝対象視聴者〟や〝市場占有率〟といった用語を使って話す。こんなふうに仕事にどっぷりつかっていることも、彼がすばらしく成功している要因だ。

ウエイターが皿を下げて向こうへ行くと、ジョンが言った。「ところで、スカーレットがジーク・ウッドローといっしょのところを今日のゴシップ欄で見たよ。もしかしたら、スカーレットは彼をなにかの広告に引っ張り出せるかもしれないな」

サマーが口に持っていこうとしていたグラスからワインがこぼれた。彼女はぱりっとしたテーブルクロスに広がったワインの赤いしみを見つめた。

「気をつけて」ジョンが言った。

サマーは音をたててグラスを置くと、咳《せき》ばらいをした。ジークのことを話すのにいいタイミングを見はからっていたが、もう先延ばしはできない。食事はすんでいるし、話すなら今だ。

「ジョン、話があるの」サマーはデザートのメニューを持ってきたウエイターに、いらないと手を振った。

ジョンはしばらくもの問いたげにサマーを見ていたが、ウエイターに会計を頼んだ。ウエイターが去ると、ジョンは言った。「じゃあ、話そう。君は食事の間中、びくびくして、気もそぞろだったね。いったいなにに悩まされているのだろうと思っていたんだ」

「やっかいなことなの」サマーが切り出した。初めに説明して、あとから真相を告げようかしら？　それとも、最初に告白してしまってから説明しようかしら？　彼女はぐずぐず考えた。

「それで？」ジョンがうながす。

「あなたの出張中に思いもよらないことが起きて、それで……それで私は、あることがはっきりわかったの」

ジョンはなにも言わなかった。ただ彼女を見つめて話の続きを待っている。

涙がこみあげそうになった。まるで子犬を蹴飛《け》ばそうとしている気分だ。サマーは目を伏せて一息に言った。「ジョン、私、あなたと結婚できないわ」

「なんだって?」ジョンは信じられないというように無理に笑った。

「冗談じゃないのよ」

「どうしてなんだ? 僕は――」

サマーはみなまで言わせなかった。「私、ゆうべ、ある人と体の関係を持ったの。ジーク・ウッドローと」

さあ、言ってしまった。無慈悲で、どぎつい真実を。

ジョンは平手打ちをくらったか、バケツに入った氷水を頭から浴びせられたような顔をしている。

「いったいなにを言っているんだ?」

「ゆうべ、ジーク・ウッドローと一夜をともにしたのよ。ゴシップ欄の記事は間違いなの。ジークといっしょにいたのはスカーレットじゃないわ。私よ」

サマーは大きく息をした。なにかしら理解を求める目でジョンを見る。理解される価値も、なにかを期待する資格もないのだけれど。「そんなつもりではなかったの。ジークに『バズ』誌のインタビューを受けてもらうために、〈医療に協力するミュージシャン〉のコンサートへ行って……」彼女はどうしていいかわからずに言葉を切った。「なにが起きたか、自分でもわからないの……」

ジョンはあざけるように鼻を鳴らした。「よしてくれよ、サマー、なにが起きたかわかっているはずだ」きゅっと眉を寄せる。「それで今は、彼をファーストネームで呼ぶ仲ってわけか?」

自分の失敗に気づいて、サマーは首を振った。

「あなたが頭にきて、傷つくのも無理はないわ」

「おや、そうかい?」ジョンは皮肉っぽく言って、髪をかきあげた。「数日留守にしている間に、君がほかの誰かとベッドをともにする。僕がどんな気持ちかわかるかい？　君は結婚するまで待ちたいと言っていたじゃないか」

「そのとおりよ」サマーはうしろめたそうに言った。「いったいどうして、ゆうべあんなことになったのか、この二十四時間ずっと考えたわ。酔ってはいなかったし、精神的に参っていたわけでもない。でも私は、あなたとの関係に感じている疑問をずっとわきへ押しやっていたことに気がついたの」

「どんな疑問だい？　僕たちはたがいにぴったりの相手じゃないか。人生に求めるものが同じだからね」

「そうね」サマーは認めた。慎重に話を進めなければ。「でも、火花がないわ。たぶん……たぶんそれで、こんなに長い間、さほど苦労もなく体の関係を持たずにいられたのよ」

ジョンは黙っていた。

「私たちはおたがいに情熱なしに相手を愛せるのかもしれないけれど」サマーはやわらかく言い添えた。「あなたは人生になにか熱いものを持つのがふさわしいわ。私たち二人ともね」

ジョンは残りのワインを一息に飲みほした。「僕だってどんなロックスターにも劣らず情熱的になれたよ。サマー、君がそのチャンスを与えてくれていたらね。そのかわりに、初夜まで待つという君の言葉に同意したんだ」

サマーはジョンの目を見ることができずに下を向いた。今もまだ指に光る婚約指輪に目が行くと、彼女はそれを引き抜いた。ジョンの手をとり、てのひらに指輪を置いて、そっと握らせた。

ジョンは二人の手を見おろした。

ウエイターが伝票を持って戻ってくると、サマーは手を伸ばしたが、ジョンのほうが速かった。

サマーの手を放し、ジョンは苦々しげに言った。

「最後の祭りの支払いをさせてくれ」

「ジョンと別れたのね」スカーレットが信じがたいというように繰り返した。

サマーはうなずいた。二人はＥＰＨにほど近いバーに座っていた。ジョンとの食事のあとで会いたいと、サマーがスカーレットに電話したのだ。

「どうしてなの？　気はたしか？　なぜ申し分ない関係を捨ててしまうの？　そりゃあ、あなたはジークとベッドをともにしたわ！　間違いを犯したわ！　だからといって、愛する男性――結婚するはずの男性をほうり出さなければならないということはないでしょう。誰にも過ちはあるのよ」

サマーはかぶりを振った。「あなたにはわからないわ」

「ジョンは戦ってでも手に入れる値打ちがある人じゃない？　彼があなたを愛していて、あなたを許せるなら、今度のことは過ぎたことにして、二人であなたが望んでいた人生に乗り出していけるわよ」

「そんなに単純なことじゃないの。婚約を破棄したのはジークと体の関係を持ったからではないわ。彼と一夜を過ごして、ジョンとの結婚に感じていた疑問に直面したから、破棄したのよ」

「どんな疑問なの？」

「ジョンと私は愛し合っているかもしれない。でもそれは、結婚する者どうしがそうあるべき性的な愛ではないのよ。情熱的な愛ではないから、体の関係がなくても、楽につながりを保ってこられたのよ」

「その逆も言えないかしら？　体の関係がないから、情熱もないのかもしれないわ」

「それも考えたわ。でも、ゆうべのことがあって、逆だということがわかってきたの。ジョンはすばらしい男性よ。でも、私たちはおたがいにそれほど情熱を感じないのよ」

スカーレットは驚いたようだった。そして、なにかを言いかけてやめた。彼女はサマーの手に自分の手を重ねた。「ほんとうに、衝撃的な一夜に身も心もさらわれてしまったのではないのね？　初体験は強烈だもの。頭が混乱することだってあるわ。『カリスマ』誌が行った調査によると、現代でさえ、いかに多くの女性が初めて身をまかせた男性と関係を続けなくてはならないと思っているか、驚くほどよ」

「違うわ」サマーはかたくなに言った。「そうではないのよ。混乱してもいないわ。ジークと結ばれたからといって、関係を続けるつもりはないの」〝彼にバージンを捧《ささ》げたからといって〟彼女は心の中で付け加えた。昨夜の過ちをさらに複雑にするつもりはない。「でも、今の段階で確信があるなら、ジョンとの婚約を続けるのは間違いなのよ。私にはものごとを整理する時間が必要なの」

「結婚前におじけづいたということはない？」スカーレットはなおもくいさがった。

「なんですって？」サマーはきき返した。「私が婚約した日からびくびくするというの？　結婚式の何カ月も前から？」

スカーレットはため息をついた。「まあ、婚約したのが間違いだと気づいて破棄した女性は、あなたが初めてではないわ」

皮肉にも、サマーはスカーレットを慰めたい気持ちになった。そして安心させるように軽く抱きしめた。「元気を出して！　ジョンは私がこうあってほしいと願っていた夫像にとても近かったの。だから、彼と恋に落ちていたわけではないことを無視していたのよ。そのことを自分でやっと認めることができたの。少なくとも、これで彼との結婚はなくなったわ」

「あまり長引かずにすんでよかったわ」スカーレッ

トがつぶやいた。

「えっ？」

「あまり長引かなくて、ジョンにとってはよかったと言ったのよ」

サマーは釈然としないまま、うなずいた。一瞬、スカーレットがまったく違うことを意味していたような気がしたのだ。しかし、声に出してこう言った。

「これがいちばんいいのよ、スカー。それはたしかよ。今にわかるわ」

ジークはマネージャーの話を聞くともなしに、ホテルの自室のスイートルームを歩きまわっていた。金曜日の夜の九時になろうとしていた。あと三十分ほどで、有名人が多く集まるニューヨークでもっとも人気のあるクラブの一つへ向かう予定だ。

ほかの大勢の有名人たちと同様、ジークもマンハッタンの人気スポットで大歓迎される。クラブのオーナーたちは、費用のかからない宣伝がわりに、これでもかというほどスターたちに飲み物や食べ物を無料でサービスする。つまり、自分のクラブの名前をマスコミに出して、一流クラブと肩を並べようというもくろみなのだ。

あいにく、しばらく前にマーティが、同じホテルのどこかにある彼の部屋からジークの部屋に顔を出すと言ってきた。表向きは、昨夜のチャリティコンサートの話をするということだったが、ジークはだまされなかった。

マーティは四十歳をいくつか超えた、髪が薄くなりかけた音楽業界のベテランで、つきにも恵まれ、また業界に精通していて、これまで大きな業績を一つならず残している。しかし、豊富な経験は彼を重要人物にしただけでなく、しばしばはるかかなたのトラブルをかぎ分ける能力を与えていた。

「君とスカーレット・エリオットがねえ」マーティ

は頭を振りながら言った。「僕は君たちが会ったことさえ知らなかったよ」

「僕も、今朝まで彼女とは知らないどうしだった」

マーティが顔をしかめる。「なんだって？　写真がある――」

「写真のことは知っているよ」ジークはいらだたしげに言った。「あれは記者の勘違いさ。ゆうべの写真はサマー・エリオットだ」そして説明のつもりで付け加えた。「スカーレットの双子の妹だよ」

ジークはいまだにこの二十四時間に起きたことの一つ一つを吟味していた。くそっ、彼女が婚約していたとは！

「エリオットだって？　ＥＰＨの一族かい？」

「どんぴしゃりさ」ほかにもある。ジークはサマーが都合よく自分のことを語らずにすませたことを思い出した。いまいましいことに、ジークが彼女をよくいるグルーピーだと思いこむこともお見通しだったのだ。

マーティが見透かすような目でジークを見た。

「遺産相続人なんて、いつもの君のタイプとは違うじゃないか。君のために雇った広報担当者は、マスコミからの質問にきりきり舞いしているよ」

ジークはマーティの目の前で足をとめた。「彼はなんて答えているんだい？」

「いつものとおりさ。記者たちをごまかして、誘導しているよ。彼女、というか、彼女の姉との関係を煮えきらないふうに否定している」

ジークはうなずいた。彼の表向きのイメージは慎重に作りあげられている。最大限にいい意味で人目に触れさせ、そして混乱させるために、常にマスコミとデリケートなダンスをしている。通常それは、恋愛面は大衆の憶測にまかせ、また、彼が独身で手が届きそうなことと、特定の女性といつまでも付き合うほど決して真剣にならないことをアピールしている。次から次へと関係が続いていれば、常にニュースのトップを飾れる。それが彼には似合っていて快適だった。自分が夫になるタイプでないのは承知している。ツアー続きのライフスタイルではなおさらだ。

「それで、ほんとうのところはどうなんだ？」マーティが彼らしい無遠慮さで尋ねた。

ジークは髪をかきあげた。「彼女は僕にインタビューしたがっている雑誌記者だった」昨夜なにがあったか、くわしく話すつもりはなかった。

「インタビューには答えなかったんだな」

「ああ」

マーティは安堵《あんど》したようだ。

「でも、今週、インタビューに応じることにしたよ」

「なんだって？」マーティは棒立ちになった。「その点は話がついているはずだ。インタビューはすべて、私と広報担当者が検討して、受けるかどうか判断する。適切な相手にアピールしたいし——」

「彼女は『バズ』誌の記者だ」

「それに、その記者は、なにをきいてはいけないかを事前に頭に入れておくことになっている——」

「僕の話も聞いてくれ、マーティ。短いインタビューだろうし、『ローリング・ストーン』誌向けの深く掘りさげた人物紹介記事みたいなものではないんだよ」

「簡単にインタビューをオーケーするなんて、いつもの君らしくないじゃないか」マーティは顔をしかめた。

ジークが肩をすくめる。「変に聞こえると思うけれど、彼女のそばにいると、ここ数カ月、頭の中で響いているのに譜面にできないでいる曲が聞こえてくるんだ。ほかにあの曲を呼び出せるものといったら、ロサンゼルスの家にかけてある写真だけだ」

「彼女は君の霊感《ミューズ》の源泉だとでも？」マーティは困惑しているようだった。

「ああ。そう言っていいだろうね」

マネージャーの顔が曇った。「いいかい、ジーク。君がその曲を仕上げたいのはわかる。だが君は今、ミュージックシーンで一番人気のスターだ。君のかわりになりたい者はごまんといる。しかし、みんな君のような声を持っていないし、セックスアピールのかけらもない。うまくいっているものをどうしてだいなしにするんだ？」

　こんなやりとりはあきるほど繰り返してきた。

「人気など、はかないものだよ、マーティ」

「だから？　作曲はもっとあとになってから専念すればいい。頼むから、今は、ＣＤを出しつづけることと、ツアーに出て名前を表舞台にとどめることだけを考えてくれ」

「今でも、例のブロードウェイのショーに曲を提供する依頼について考え中だよ」

　マーティは天を仰いだ。「次は、このエリオット家の小娘に本気になったと言うだろうよ。頼むから忘れないでくれよ。君は女性の胸をときめかせるイメージを保っていかなくてはならないことをね」

　ジークは声をあげて笑うと、マーティの肩をたたいた。「マーティ、君にはほんとうにうんざりさせられるよ」

6

ヨークから東へ数時間のところに位置する高級別荘地ハンプトンズにある、エリオット家の五エーカーの大邸宅は、大西洋を臨む、切り立った岬に立っていた。

サマーとスカーレットがまだ十歳のとき、両親が飛行機事故で亡くなってから、姉妹はこの〈ザ・タイズ〉で祖父母に育てられた。今でも、サマーとスカーレットはたいていの週末をここで過ごす。

今朝に限って、スカーレットは〈ザ・タイズ〉に行くのを断った。ニューヨーク市内ですることがあるとかなんとかつぶやいていた。スカーレットと別れたあと、サマーは同じバーで数人の仕事仲間と過ごしてから家に戻ったのだが、そのときスカーレットはまだ帰宅していなかった。だから、昨夜はどこへ行ったのか聞き出そうとすると、姉はだんまりを決めこんだ。

私があんなふうにジョンとの婚約を破棄したことサマーは車から降りながら〈ザ・タイズ〉を見あげ、肩をいからせた。まるで、また十二歳に逆戻りして、これから祖父母にお説教されに行く気分だ。仮にそうだとしたら、サマーの話は外出禁止をまぬがれないだろう。

今でも〈ザ・タイズ〉は我が家だった。ストレスを感じるときはいつも、この家がことのほか温かく迎え、包んでくれる。百年も前に建てられた赤茶けた砂岩造りの邸宅が温かく歓迎していると感じる人は、あまり多くないかもしれない。しかし、サマーにはそう感じられた。

サマーは爽快《そうかい》な海辺の空気を吸いこんだ。ニューに腹を立てているのでなければいいけれど、とサマーは思った。スカーレットは昨日はじゅうぶん理解してくれたようだったのに、今朝は冷ややかで、誰とどこにいたのかも教えようとせず、つっけんどんでよそよそしかった。これまで二人の間に隠しごとがあったためしはない。だから、スカーレットの態度にサマーは傷ついた。

サマーは長年祖父のもとで働いている庭師のベンジャミン・トレントに手を振り、正面玄関への階段をのぼっていった。

我が家に帰ってきた。サマーはバッグを下ろし、手近な椅子にジャケットをほうった。これまで幾度となくそうしてきたように、祖母の趣味にそった控えめでエレガントなしつらえの部屋を見まわす。

大理石の床を踏む足音がして、一呼吸おいて裏手のリビングルームから祖母が姿を現した。

「サマーじゃないの！　まあ、なんてうれしいんでしょう！」祖母が言った。アクセントにアイルランド訛《なまり》がある。「この週末は、結婚式の計画やらなにやらで、あなたが来るかどうかわからなかったから」

結婚式。サマーはこれから交わされる会話を思いやった。それでもにっこりし、祖母の頬にキスをした。「こんにちは、おばあ様」

サマーの祖母は、パトリック・エリオットにさらわれるようにして嫁いだときは十九歳で、アイルランドでお針子をしていた。現在七十五歳になるが、白い肌に今もいくらかそばかすが散り、いつもアップに結っている白い髪には鳶《とび》色の髪が見分けられた。体はいくらか弱くなったが、温かみのある、いきいきとしたようすをしている。

サマーが体を離すと、祖母はドアのほうに目をやり、ふたたびサマーを見た。

「ちょうどランチの時間よ。スカーレットはいっしょじゃないの？」

「いいえ。週末は市内で用事があるんですって」サマーは祖母と腕を組み、いっしょに家の裏手にある朝食の間へと向かった。「それはともかく、楽しいランチになるわね？」

「あなたがいるんですもの。もちろんよ！」

サマーはいつも、祖母を守ってあげたい気持ちになる。祖母はサマーの両親である息子のスティーブンとその妻を飛行機事故で亡くしただけでなく、娘のアンナを七歳で癌《がん》で亡くしている。その苦しみに加えて、サマーの祖父は生き残って成人した子供たちと常に和気あいあいとしているわけではなかった。

朝食の間に着くと、ベンジャミンの妻で、〈ザ・タイズ〉の家政婦オリーヴが温かく二人に挨拶《あいさつ》した。祖母はもう一人分、席を用意するようにとオリーヴに告げた。

用意された席が三人分なのに気づいて、サマーが尋ねた。「カレン伯母様とマイケル伯父様はいらっしゃらないの？」

「マイケルは昨日、出版の仕事に戻らなくてはならなかったの。今日の夕方まで帰らないのよ」祖母はサマーとともに席につきながら答えた。「カレンは休んでいるわ」彼女は顔を曇らせた。「疲れがひどくて、下りてこられないの。あとで食事を部屋に運びますよ」

「伯母様の具合はいかが？」サマーは静かにきいた。マイケル伯父の妻カレンは、先日、乳癌と診断され、両方の乳房の切除手術を受けていた。

「カレンは決して苦痛を訴えないのでね。癌が転移していないのがありがたいわ。でも、予防のために受けている化学療法がひどく体の負担になっているの」

まだ用心が必要と診断されている母親のことをいとこたちが心配しているのはサマーも承知していた。

そんな中での救いは、いとこのギャノンがつい先だって結婚したことだ。彼の弟のタグもすばらしい女性と婚約したばかりだ。おめでたいことが続き、伯母にも前向きになる力になったようだ。

もちろん、サマーの結婚式や、あるいはそれを取りやめることはまた別の話だ。

祖父が部屋に入ってくると、サマーは危うく飛びあがりそうになった。

「おや、これは」パトリック・エリオットがいつもの鳴り響くような声で言った。「気ままな孫娘のご帰還ではないかな」

パトリックは妻と違って、ぶっきらぼうに愛情を表現するのがせいぜいだが、サマーはすっかり慣れっこだった。彼女は席を立って、祖父の頬にキスをした。「おじい様、先週もここへ来たじゃないの」椅子に座りながら言い添える。「今週は私だけだけれど。スカーレットは市内に残っているわ」

パトリックが席につくと、オリーヴが快活な足取りでチキンスープを運んできた。「それで、おまえのやくざな片割れは元気かね？」

サマーは小さく笑い声をあげた。

「パトリックったら、困った方ね」メーヴが言った。「あまりサマーをからかうものじゃなくてよ」

パトリックはスープのスプーンを口に運びながら、もじゃもじゃの眉をわずかに上げただけだった。もし祖父を従わせられる人が一人いるとしたら、それは祖母だ。祖父は祖母を崇拝していた。

ランチの間、三人は巷《ちまた》の話題やメーヴの慈善活動、ハンプトンズやその付近での出来事などを語り合った。

なにはともあれ、サマーがくつろぎを感じはじめ、摘みたてのベリー類にクリームをかけたデザートが運ばれてランチが終わりに近づいたころ、パトリックが彼女の手のほうに首をかしげて言った。「指輪はどうした？」

ついに来た。サマーが婚約指輪をしていないことを祖父が話題にするのは、とめようがない。おそらく部屋に入って席につくなり、指輪のことに気づいていたのだろう。だが、いかにもパトリック・エリオットらしく、仕留めるのは獲物が気を抜くまで待っていたのだ。

ごくりとサマーの喉が鳴った。「婚約はなかったことにしたの」

「もう片をつけてしまったのか？」祖父は天気のことでも口にするみたいに楽しげにきいた。

「まあ、サマー、どうしてなの？」祖母が尋ねる。

まさに百万ドルの質問ね。サマーは思った。うまい答えがあればいいのだけれど。世界中を駆けずりまわっている、よく知りもしないミュージシャンを相手に純潔を失ったなどと言っても、アイルランド系のカトリック教徒の祖父母によい効果を与えないのはわかっている。

「あの……」サマーは咳《せき》ばらいをした。「私、ジョンと私はおたがいにふさわしい相手ではないと気がついたの」

メーヴが眉を寄せた。「でも、ジョンはあんなに好青年じゃないの。それに、あなた方二人は同じ鞘《さや》におさまった二粒の豆みたいにお似合いだったわ」

「それも問題だと思っているの。私たちには、はじける火花がないのよ。あまりにも似た者どうしなのね」参ったわ。祖父母とこんな会話を交わすのは、きまりが悪いものだ。

パトリックは膝からナプキンをとり、頭を振りながら、皿のわきへ置いた。「あまりにも似た者どうしだと？　私の若いころには、しっかりした仕事を持った若者がいたら、若い娘は黙って結婚したものだ。責任ある大人どうしが似通っていることなどに気をもんだりせずにな」

サマーは心の中でうめいた。

「パトリック、黙ってちょうだい」メーヴはサマーの手を軽くたたいた。「大丈夫ですよ」

パトリックが立ちあがった。「さて、仕事に戻らなければ。責任ある大人らしくな」

向こうへ歩いていく祖父を見送りながら、サマーは言った。「おじい様に私の話はわかってもらえないのね」

メーヴがため息をつく。「そのうちに、おじい様も気を取り直しますよ」

「おじい様はジョンをお気にいりだったものね」サマーは祖母を見た。「二人はいろいろな点で似ているわ。頭が切れて、野心家で、ばりばり仕事をする」ジョンとの婚約を破棄したことで、彼の値打ちまで否定したと祖父が思わないでくれるといいけれど。

「おじい様は、あなたに幸せでいてほしいだけですよ。それに、おじい様はジョンのことがよくわかるから」目をきらめかせて、メーヴは言い添えた。「なんといっても、おじい様は五十七年間、献身的な夫だったんだもの。幸せな結婚に対する思いこみが強いのも無理はないのよ」

「そうね」サマーも同感だった。

それから祖母とサマーは声をたてて笑った。

おばあ様がいてくれてほんとうにありがたいわ。サマーは思った。祖母はどんな状況でも、ほとんどまるくおさめてしまう。そんな点も、すばらしい女主人としての数々の要素の一つになっている。

祖父に婚約破棄のことを打ち明けても、それほど悲惨な結果にはならなかった。耳にしたくないニュースのわりに、祖父の反応は穏やかだった。怒りを見せはしたが、彼女の報告が寝耳に水ではなかったかのようだ。それに、祖父の目に一瞬、敬意がひらめいたような気がしたのは、サマーの想像にすぎなかったのだろうか。

「おじい様がわからないわ」

「おじい様にはおじい様なりのわけがあるのよ」メーヴが答えたので、サマーは自分が考えを口に出していたのに気がついた。

サマーは祖母に目を向けた。「おじい様が自分の後継者を指名するために会社の雑誌どうしを競争させるようにしてから、社内の雰囲気が心底寒々としているのはご存じでしょう。ほんとうのところ、シェーン叔父様がのんびりしているので、私はそれほど感じていないのだけれど、スカーレットは仕事で重圧を感じているの。なぜって、フィノーラ叔母様が『カリスマ』誌をトップにしようとして、これまでになく猛然と仕事をしているからなの」

フィノーラ叔母と祖父のこじれた関係を持ち出すまでもなかった。祖父は年をとって円熟していた。しかし、彼は常にフル回転で働いてきた人間だ。会社を築く時期は、時には家族よりも出版業のほうを大切にした。そして、その過ちは子供や孫たちの誰かを冷ややかな気持ちにさせるというつけとなってまわってきた。

メーヴが悲しげな顔をした。「パトリックが仕掛けた競争で、これ以上あの人とフィノーラがこじれないといいけれど」

「でも、なぜなのかしら？　おじい様がどうして家族どうしで戦わせるようなことをなさるのかわからないわ。おかげで、みんなの気持ちがばらばらになりかけているのよ」

メーヴはしばらく考えにふけっているようだった。それから静かに口を開いた。「さっきも話したように、おじい様のなさることにはそれなりのわけがあるのよ。それに、彼はこの競争を決して取りさげないでしょう。私は、家族みんながばらばらにならずに切り抜けると信じていますよ」

サマーにはそこまではっきりと言いきれなかった。

サマーはふたたびジークとともにホテルの部屋にいて、彼を強く意識していた。この前ここにいたときのことは努めて考えないようにした。

今日のジークは、ブルージーンズに、白いTシャツの上にボタンダウンのシャツをはおっていた。もちろん、今のサマーは服の下にある彼の体を知っている。鑿《のみ》で刻んだような筋肉、日に焼けたなめらかな肌、力強い腿……。

サマーは勝手にさまよいだす思いを引き戻した。ここに来たのは彼が約束したインタビューをするためで、それ以外に目的はない。

サマーは新聞で、ジークの広報担当者が、サマーとジーク——というより、彼とスカーレット——は友人以上の関係ではないと発表したのを読んでいた。うまくいけば、この話題はすぐに忘れられるだろう。

彼女がなんとかインタビューを終えて、すみやかにここを立ち去りさえすれば。

サマーが最近の自分のふるまいを責めながら週末を過ごして、昨日仕事に戻ると、ジークが電話をかけてきて、インタビューを火曜日の午後に指定した。

言うまでもなく、サマーはなにを着ていくかで頭を悩ませた。プロらしさがあって、とりすまして見えない服装がいい。サマーはニットのアンサンブルとアンゴラのセーターをわきへやり、最終的に、体にぴったりしたシルクのチャイナ風ジャケットに、黒いパンツとハーフブーツというスタイルに落ち着いた。

サマーはほんとうにショッピングに行く必要があったのだ。あるデザイナーブランドのサンプルセールで、スカーレットがこのチャイナ風ジャケットを手渡してくれなかったら、今日にふさわしい服装を整えられたかどうかわからない。

「座って」ジークにもの思いを破られ、サマーははっとなった。「飲み物はどう？」

「み、水をいただくわ。ありがとう」

ジークはほほえんで小さなキッチンへ向かった。

彼がいたずらっぽく笑ったように見えたのは気のせいかしら？　初めて会ったとき、私が水より強いものを飲んだのを思い出しているのかしら？　たぶん彼は、私が過去の過ちを繰り返さないようにしていると思ったのだろう。

ジークが戻ってきて、サマーに水の入ったグラスを渡し、彼女が座っているソファと直角に置いてある椅子に腰かけた。

サマーは水を一口飲んだ。ＥＰＨから離れて、こうしてジークにインタビューをしに来ていると、気持ちが軽くなる気さえした。金曜日以来、ジョンからは連絡がない。おそらく、今ごろはまた出張で飛びまわっているのだろう。スカーレットは相変わらずよそよそしいままだ。サマーが婚約を破棄したことを知った親族は、ショックを受ける者、うろたえる者と、反応はさまざまだった。

「カメラマンはいっしょじゃないのかい？」ジークがサマーの思考に割って入った。

「私が撮るわ」サマーは空いているほうの手でカメラケースを掲げた。

ジークがいぶかしげな顔をする。「君は写真も撮れるのかい？」

サマーは自意識過剰なようすで肩をすくめた。「講座をとったことがあるの。趣味のレベルよ」彼女はグラスをサイドテーブルに置いた。

ジークにじっと見つめられ、サマーは身じろぎした。彼はなにを考えているのかしら？

「今日の君は印象が違うね」ジークが言う。その声は蜜《みつ》のようになめらかで、チョコレートのように濃く、芳醇《ほうじゅん》だ。

〝集中するのよ、サマー〟彼女は自分を叱《しか》った。

「あら、ほんとう?」

「ああ。コンサートのときはロックファンの女の子で、金曜日は白い手袋とパールが似合いそうな雰気だった。でも、今日はエキゾチックだ」ジークは小首をかしげた。「いったいどれがほんとうのサマー・エリオットだろうかと、いまだに考えてしまうよ」

もしかしたら、私自身も考えているのかもしれないわ。「たぶん、全部が私なのよ」

ジークがかぶりを振る。「そうは思わないな。君自身がいまだに自分を見つけようとしているように感じるんだ」

「インタビューをしているのは私かと思っていたわ」サマーが軽やかに言う。

ジークの唇がぴくりと引きつった。「たがいに会話を交わすのがインタビューじゃないのかい?　それはともかく、君のことを知れば知るほど、興味をそそられるよ」

「ありがとう、と言えばいいのかしら」

「たとえば」ジークはサマーの言葉が聞こえていないかのように話しつづけた。「君は婚約指輪をしないのかい?」

サマーは嘘《うそ》をつくことも考えたが、包み隠したりしないのがいちばんだと思った。遠からず新聞で知れることだから。「婚約は破棄したの」

ジークが目を閉じる前に、すばらしい青い瞳に熱い炎が燃えあがるのをサマーは見た。「あのことを話したんだね」

「話したわ」サマーははっきり認めた。それから言い訳するように付け加えた。「誤解のないように言っておくけれど、婚約を破棄したのはあなたのせいではないのよ。あなたは、ジョンと私が結婚という間違いを犯そうとしているのを気づかせてくれただけよ。木曜日の夜のことを打ち明ける前に、婚約を破棄したの」

「木曜日の夜になにがあったんだい、サマー？」ジークが尋ねた。深くくぐもった声で。

「い、今でもわからないの」

「すばらしい体験だった。僕たち二人ともすばらしかったね」

「やめて。約束したはずよ――」

「なにを？」

サマーは黙っていた。

「僕はなにも約束した覚えはないよ。また君に会いたいと言ったのは覚えているけれどね」

「それはインタビューのためよ」サマーはその点をはっきりさせた。ジークはあのとき交わした言葉をねじ曲げている。「昨日、あなたから電話があったあと、あなたのマネージャーと広報担当者が電話をかけてきて、今回のインタビューのタイミングと内容のことで私を質問攻めにしたわ」

「それは残念だな」

サマーは部屋を見まわした。「ところで、彼らはどこにいるの？　昨日の感じでは、インタビューに立ち会いたいようすだったのに」

ジークは目を伏せて感情を隠した。「二人とも手いっぱいでね」

サマーは奇異に思ったが、そのことには触れないでおくことにした。かわりに、持参したテープレコーダーを取り出した。ジークは彼女を神経質にさせる。これ以上危険な会話を交わさないためには、仕事に取りかかるしかない。「さて、インタビューを始めましょうか？」彼女はきびきびとうながした。

「あなたの時間を無駄にしたくないわ」

ジークがサマーを見た目つきは、罪への誘いさながらだった。「君といっしょなら、無駄ではないよ」

ふるえがサマーの背筋を走った。彼女は咳ばらいをして、テープレコーダーのスイッチを入れた。

「ミュージシャンとして、最大の挑戦はなんでしょう？」

ジークが笑い声をあげた。「ずばりきいてくれるね？」

サマーは片眉を上げた。

ジークがため息をつく。「わかったよ。最大の挑戦は、同じパターンを繰り返さないことだ。これは、アーティストがみんな気にかけることだと思う。僕はいつも自分の音楽を新鮮で活力のあるものにしておきたいんだ。それに、これまでのように売れるものでありたい」

意外にも、このあとインタビューは順調に進み、やりとりもスムーズだった。ジークは最新のCDが成功をおさめたことや〈医療に協力するミュージシャン〉のチャリティ活動について話した。

最後に、サマーは別の話題に水を向けた。「あなたにはドラッグや逮捕や喧嘩《けんか》といった騒ぎがない——」

「ご期待にそえなくて申し訳ない」ジークが皮肉った。

「でも」サマーは続けた。「あなたはマスコミから〝無愛想〟とか〝バッドボーイ〟とか言われてきました。そんなふうに見られるのはなぜだとお思いになりますか？」

「なんのことはない。いつもインタビューを断るからだよ」

サマーは思わず笑い声をもらした。「今年はこのあと世界ツアーもありますが、次はどこへ行かれますか？」

「次はヒューストンで、今月末に公演がある。そのあとはロサンゼルスで、それからすぐ海外へ飛ぶ」

ジークは言葉を切った。「でも、今月末まではニューヨークにいるよ」

「そうなの？」サマーは腹立たしいことに興奮がつのるのを感じた。

「ああ。家族と過ごすつもりだ」

ジークがニューヨークで育ったことは、経歴の下調べをしたときにわかっていた。「ご家族も喜ぶでしょうね」サマーはテープレコーダーをとめた。記事に必要なことはすっかり聞くことができたからだ。

ジークがいたずらっぽくにやりとする。「君と違ってね。そうだろう？」

サマーは取り合わなかった。「あなたのウェブサイトの経歴には、ニューヨークで育ったとしか書かれていないわ」

「わざとそうしてあるんだ。個人的なことは載せたくないのでね」ジークがまたにやりとする。「でも、もし君が興味を感じるなら話すけど、僕が育ったのはアッパー・ウエストサイドだよ」

今の私の家から目と鼻の先に住んでいたのかしら、とサマーは思った。

「父はコロンビア大学の教授で」ジークはさらにくわしく話した。「母は精神科医で、個人で開業している」

サマーは、ジークを学者と医者の息子として思い描こうとしたが、できなかった。

ジークは皮肉な笑みをもらした。「なかなか信じられないのはわかっているよ。でも、そう悪くはないよ。父は考古学者で、毎年夏は、南アメリカや中東の発掘現場で過ごした」彼は肩をすくめた。「それで僕も、旅の多い仕事を選んだのかもしれないね」

「ずっとミュージシャンになりたいと思っていたの？」

「ロックスターという意味で？」ジークは茶化すように尋ねた。「いや、そうじゃない。しばらくは親の期待するコースを歩んでいたけれど、コロンビア大学を卒業する一カ月前に、初めてのレコーディングの契約が決まったんだ」

「大学ではなにを専攻したの?」ジークがアイビーリーグの名門大学を卒業しているとは驚きだった。彼はたしかに、典型的なロッカーとは違う育ち方をしたらしい。

「音楽だよ。大学でも、それ以外でもね。君は?」

「英語よ。副専攻でジャーナリズムを選んだの。ニューヨーク大学でね」

「ハイスクールは?」

「ハンプトンズの私立学校よ。あなたは?」

「公立学校だ」

二人はほほえみを交わし、サマーは咳ばらいをした。あまりに個人的な会話になってしまったわ。どうしてこうなったのかしら?「それじゃあ、記事といっしょに載せる写真を何枚か撮らせていただくわね」

ジークが立ちあがった。「わかった。場所はどこにする?」

サマーはすばやくジークを見た。私を急がせたいのかしら?

ジークはただ穏やかなまなざしでサマーを見返している。

サマーはデジタルカメラを手に立ちあがった。「どこか、明るくて、でも直射日光のあたらないところがいいわ。それに、あまりうるさくない背景があったほうがいいわね」

「あそこの椅子の肘掛けに座ったらどうだろう?」

サマーがうなずく。「いいわね。そのあとで、リビングルームの壁を背に、立ち姿を撮りましょう。白っぽい無地の背景になるわ」

ジークの準備ができると、サマーはカメラを調節して写真を撮りはじめた。

「にっこり笑って」サマーが言い、ジークがそれに

「今度は鬱屈《うっくつ》した表情をして」サマーは深く考えずに言った。

ジークがそれに応じる。なんてこと。サマーは思った。

めまいにも似た感覚に襲われ、頭がくらくらし、息が苦しくなってくる。

サマーはカメラを下ろし、それをいじるふりをした。「オーケー、このくらいにしましょう」

ジークが歩いてきて、サマーの髪に手を差し入れると、うなじを押さえ、かすかに力をこめて、あおむかせた。

サマーが目を閉じる間もなく、ジークの唇が唇に軽く触れた。一回、二回。三回。それから彼は、甘く、深く、心ゆくまで口づけをした。サマーの膝が崩れそうになる。カメラを持った腕がだらりと下がる。

ジークが体を離すと、サマーは小声で言った。


従い、無防備な笑みを向けた。

ジークは頭の角度を変えながら、カメラの前で自然にポーズをとった。どの角度から見ても、魅力的だ。

カメラのファインダーごしにジークに見つめられ、サマーは自分を戒めた。彼の青い瞳に現れた表情を読み取って、サマーの脈は速くなった。カメラをはさんでいてよかったわ。彼女はジークのセクシーな魅力に影響されないようにした。

その間も、なんとかジークにポーズをとらせた。「笑わずに、まじめな顔をして」シャッターを切りながら言う。「今度は、下を向いて、カメラを見あげて」ぱちり、ぱちり。「今度は、首をかしげて、横目でこちらを見て」ぱちり、ぱちり。

ジークが椅子にまたがったところを撮り、それから壁の前でポーズをとるころには、部屋にセクシーな雰囲気が立ちこめてきた。

「なぜこんなことをしたの？」

「キスしたかったからだよ」

サマーは弱々しく彼を見た。

「そして、君がその気にさせたから。それに、木曜日の夜に起きたことが単なる幸運じゃないことを確かめたかったからだ」

「私たち、こんなことはできないのよ」

「できない？　それともするべきでないのかな？」

「両方よ」

「どうして？　君はもう婚約していないんだ。忘れたのかい？」ジークは親指でサマーの唇を軽く撫《な》でた。「金曜日の夜はどう過ごすつもりだい？」

「予定があるの。いとこの経営するレストラン〈ユンヌ・ニュイ〉で『バズ』誌のパーティがあるの」

「僕を招待してほしいな」

“過ち”の文字がサマーの頭をよぎった。

「うんと言ってくれよ」ジークがそそのかす。「インタビューに応じた礼をしてもらってもいいだろう？　それに、『バズ』誌のためにもなるよ。スタッフたちは、もう一人有名人と個人的に接点を持つのを歓迎するに決まっているよ」

ジークがもう一度キスしようと身をかがめ、サマーはそれを避けた。「わかったわ」彼女はそっと彼の横をすり抜け、持ち物を集めた。二人の間に距離をあけることのほうがより重要だった。

『バズ』誌のためよ。サマーは心の中で断言した。そのためだけに招待するのよ。

7

アッパー・ウエストサイドの九番街にある〈ユンヌ・ニュイ〉は、ジークが想像していたような店ではなかった。来る前に店のことを調べ、フランス料理とアジア料理の融合したものを出すことは知っていたが、それでも店の雰囲気には意表を突かれた。暗めの赤いライト、黒いスウェードの座席に銅製の天板のテーブルが魅惑的だ。

サマーのたっての希望で、彼女の家ではなく、この店で会うことになった。二人がカップルに見えるのを極力避けようとしているのだろう。

ジークはバーで飲み物を注文して、たたずんだり、あたりを動きまわったりしている客たちに目を走らせ、モデルのような男性と笑いながら話しているサマーに目をとめた。

眉をひそめて、ジークはサマーのほうへ進んでいった。自分に向けられる視線を感じる。彼に気づいたまわりの人々の表情やささやきには慣れっこだった。

ジークに気づいたサマーは、まだ目に笑いをにじませながら言った。「ジーク、いらっしゃい!」

〝明らかに早すぎないタイミングで来たよ〟ジークは冷静に思った。身をかがめ、サマーの唇の端をかすめて頰にキスをする。自分のものだと言いたげに。彼と同様、黒い服で装ったサマーはとてもすてきだった。

ジークは体を起こして、サマーに親しげなほほえみを向けた。「やあ」

「ジーク、スタッシュに会うのは初めてかしら?」

サマーはワイングラスを持った手を話していた相手

のほうに向けた。

ジークが美形の青年に目を向けると、相手はおもしろそうな表情を浮かべている。スタッシュだって？　なんて変てこな名前だ。それに、どうして名前のとおり、今すぐ自分をどこかに隠《スタッシュ》してしまわないんだ？

ジークは言った。「ああ、そうだよ」手を差し出す。「ジーク・ウッドローです」

スタッシュがその手を握る。「お目にかかれてうれしいです」

その発音を聞いて、ジークは天を仰ぎそうになった。フランス人なのか？　彼の外国人の魅力と張り合わなくてはならないのか？

「スタッシュはこの店のマネージャーなの」サマーが言った。「ジークは――」

「ジーク・ウッドローが誰かはわかりますよ、かわ《シェ》いい人《リー》」スタッシュがにっこりする。「でも、そろそろ仕事に戻らなくては。お友達と二人きりにしてあげましょう」

スタッシュはサマーの頬にキスをすると、ジークにもう一度おもしろがるような顔を向けて、ゆっくりと歩いていった。

スタッシュは蜜蜂《みつばち》さえ魅了して蜂蜜を取りあげるタイプに見えるな。ジークは苦々しく思った。サマーのほうを向いて質問する。「彼とは親しい間柄なのかい？」

「スタッシュは長いこと、ここのマネージャーをしているのよ」

ちっとも安心はできないな。ジークは思った。

サマーについてくるように合図され、ジークは目を細めて、人込みの奥へ進んでいった。

サマーは歩きながら人々に挨拶《あいさつ》し、柔和な感じの、典型的な経営者タイプに見える男性のところで足をとめた。その男性はジークとほぼ同じくらいの、百八十センチを少し上まわる身長だが、年齢は十歳ほど上の三十代後半くらいに見えた。

上出来だ。今夜はこうして潜在的なライバルと戦いつづける運命なのだろうか？

黒髪のプレイボーイタイプのその男性の横には、曲線美の、グリーンの瞳をした金髪の女性が立っていた。そして、プレイボーイタイプの彼を憧《あこが》れのまなざしで見つめている。しかし、彼はちっとも気づいていないらしく、まっすぐサマーに注意を向けていた。

なんということだろう。その男性はサマーのほうに一歩足を踏み出した。

サマーは、ふいにジークがまだそこにいたのに気づいたかのように顔を上げた。「ジーク、こちらは私の叔父で、『バズ』誌の編集主任のシェーン・エリオットよ。そして、彼のアシスタントのレイチェル・アドラー」それからシェーンとレイチェルに向かって言い添えた。「こちらはジーク・ウッドロー」

ジークは肩の力が抜けた。しっかりしなければ。サマーに惹《ひ》かれるあまり、頭がおかしくなりかけているらしい。たとえインタビューが終わった直後に、頭の中のとらえにくいメロディーと歌詞をたっぷり引き出していたとしても。

ジークはシェーンと握手した。シェーンもジーク同様、しっかり握り返してくる。

「お会いできてよかったですよ。サマーに聞きましたが、インタビューはうまくいったようですね」

「インタビュアーは宿題を片づけましたよ」

シェーンが声をたてて笑った。「ともかく、お時間を割いていただいて感謝します。我々は苛烈《かれつ》な競争の最中で、小さな一つ一つが助けになるので」

話題は音楽業界へと移り、現在売りあげチャートの一位にランクしているのは誰か、あるいは誰が新しいCDをリリースして一位になるかという予想を話し合った。

　音楽業界の話が一段落して、サマーとジークはその場を離れた。ジークが尋ねた。「シェーンが言っていた〝苛烈な競争〟って、なんのことだい？」

「あとで話すわ」

「今教えてほしいな」

　サマーがため息をつく。「ＥＰＨを創立した祖父が最近、ＥＰＨのどの雑誌であれ、年末までの売りあげがトップの雑誌から、会社の後継者になる最高《C》経営《E》責任者《O》を決めると発表したの」

　ジークが口笛を吹いた。「それじゃあ、そもそもおじいさんは、後継ぎをめぐって、自分の子供たちをとことん戦わせる腹なのかい？」

「そうよ」

「それで君は無謀な行動に出たんだね。僕へのインタビューが君の雑誌の助けになると思って」

「私は自分のためと、当然『バズ』誌のために行動したのよ。祖父が課した試練が家族をばらばらに引き裂かなければいいけれど」

　ジークは顔をしかめた。「そんな話を聞くと、一人っ子で育ったことがありがたくなるよ」彼は苦笑いした。「なにがどうあれ、両親にとっては今も僕だけがただ一人の子供だ」

「そして、あなたには今もご両親がいるわ」

　サマーの目に浮かんだ表情に、ジークは口をつぐんだ。インターネットで彼女の経歴を調べたが、驚いたことに、祖父母やほかのエリオット一族についてはたっぷり言及されているが、両親のことにはなにも触れられていなかった。

　ジークがどう尋ねればいいか決めかねているうちに、サマーの口から真相が語られた。「両親は、私が十歳のときに飛行機事故でいっぺんに亡くなったの」

「なんてことだ。気の毒に」

「十五年間乗り越えようとしてきたけれど、傷が完全に癒《い》えることはないみたい」

ジークが言葉をかけかねていると、一人の男性がやってきて、会話は断ち切られた。〈ユンヌ・ニュイ〉のオーナーで、いとこのブライアンだとサマーが紹介した。

「スタッシュが僕をよこしたんだ」サマーがそれ以上なにか口にする前に、ブライアンが言った。「彼が言うには、ドアのところでお二人さんに会ったって」

ブライアンの〝お二人さん〟という言い方と目つきからすると、ジークとサマーをその目で確かめようとしてやってきたのだろう。

ジークも批評眼を働かせたところ、ブライアンはジークとほぼ同年齢――二十八歳くらいに見えた。しかしシェーンとは対照的に、このエリオット家のいとこにはのんびりとした雰囲気はかけらもない。彼はどんなことにも警戒を怠らず、いちいち目にとめて、なにも見逃さないというふうに見える。今にも飛びかかりそうな豹《ひょう》といったところだ。

ジークはブライアンの目を見ながら握手を交わし、彼とたがいを認め、ある種の尊敬の念が行き交うのを感じた。

「ブライアンは完璧《かんぺき》な人生を送っているのよ」サマーが冗談めかして言った。

「ほんとうかい?」ジークはサマーからブライアンに視線を移し、ふたたび彼女に目をやった。

「ええ」サマーがからかうような目でいとこを見る。「この店の上にすばらしい一人住まいの部屋があるの。そこからさっとベッドを出て、仕事に来られるのよ。それだけじゃないわ。仕事を持っているおかげで、EPHと私たちほかのエリオット一族から離れていられるの。というか、あえて言うなら、祖父からね。そしてなにより、ブライアンはレストランの仕事ですばらしい土地をたくさん訪ねているわ」

おもしろい。ジークは思った。サマーの言葉はブライアンのことを語っているだけでなく、彼女が思い描く完璧な仕事とはEPHから離れたものだと暴露している。

「サマーは大げさなんだよ」ブライアンが言う。

「そんなことないわ」

「仕事でどのあたりに行くんだい？」ジークが尋ねた。

ブライアンは肩をすくめた。「主にヨーロッパだよ。パリとか」

「僕はちょうど一カ月ほど前にパリにいたよ。君は――」

「ちょっと失礼していいかな？」ブライアンが唐突に切り出した。「今夜、ずっとさがしていた人をちょうど見つけたのでね」

妙だな。遠ざかっていくブライアンのうしろ姿を見つめながら、ジークは思った。ブライアンが旅行の話題を避けたがっているのをはっきり感じた。

やはりブライアンのうしろ姿を見送っていた男性が向き直って、口を開いた。「どうやら、一族の〝国際派の謎《なぞ》の男〟と知り合ったようだね」彼はサマーのほうを向いて頬にキスをした。「やあ、ハニー。ずいぶん久しぶりだね」

「ジーク、こちらは――」

「あててみようか」ジークは皮肉めかして言った。「君のいとこだね」その男性はブライアンにとてもよく似ていた。二人とも漆黒の髪にブルーの瞳をしている。しかし性格的には、こちらのいとこはシェーンのように柔和でのんびりしたタイプのようだ。

「カラン・エリオットです」目を輝かせながら、ジークの前の男性は名乗った。「ブライアンの弟ですよ」彼は差しあげた親指と人さし指の間を一センチほど離した。「でも、似たところはほんのちょっぴりだけど」

「カランは『スナップ』誌の営業部長よ」

ジークは驚いたふりをした。「ライバル陣営から来たのかい？　ここになんの用かな？」

カランがにやりとした。「僕はどこからでも招かれるのでね」そして付け加えた。「それじゃあ、サマーから一族間の競争のことは聞いたんですね？」

「ああ」ジークはサマーに向き直ってカランを親指で指した。「彼がここにいるなら、スカーレットも来ているのかな？　彼女もＥＰＨの雑誌の仕事をしているんだろう？」

サマーが顔をしかめた。「彼女は来ないわ。今週末は友達とスキーに行くことにしたんですって」

カランはジークに向かって片方の眉を上げた。

「あなたとスカーレットの記事を『ニューヨーク・ポスト』紙で見ましたよ」からかうように言った。

「デートの相手が正しいほうの片割れだったかどうか、あやしんでいるのでは？」

カランが真相を知ってさえいれば。ジークは思った。彼の横でサマーが一瞬体をこわばらせたが、やがて屈託のない笑顔を見せた。

「カランの言うことは本気にしないで」サマーはふざけるように、いとこをぴしゃりとたたいた。「彼は数えきれないくらい女性を泣かせているのよ」

「そうさ」カランも明らかに茶目っ気を出していたが、その顔にちらりと影がよぎったのにジークは気づいた。「〝女泣かせのエリオット〟のタイトルをめぐって、シェーンといい勝負なんだ」

二人はそのあとしばらくカランと話し、それからジークはサマーにバーへ行って飲み物のおかわりをしようと誘った。

ジークはバーテンダーにバーボンのオンザロックを頼み、サマーのために白ワインをもう一杯注文すると、彼女に向かって皮肉なおかしみをこめて言った。「今夜は君のためにエリオット一族による数々の試練に耐えたよ」

「みんなはただ好奇心に駆られているのよ。私がジョンとの婚約を破棄したことを知っているうえに、今夜はあなたといっしょだから」

「〈ウォルドルフ〉にいたのはスカーレットではなくて君だということは話したのかい？」

「いいえ。それでも、みんなは興味があるのよ」

「ほかに興味を持つことはないのかな？」ジークは言い返さずにいられなかった。

サマーは横目でジークを見た。「もう好奇心は満たされたはずよ」

それでもジークは、二人の肩が触れ合うと、サマーが自意識過剰気味に体を離したのに気がついた。どうやら彼女は、見かけほど冷静でも落ち着いてもいないらしい。

ジークはサマーに飲み物を渡し、自分のバーボンを飲んだ。「君のいとこたちは好きだよ。みんな興味深い性格だ」

「興味深い？」

「見かけよりずっとね」

サマーは問いかけるように小首をかしげた。

「ブライアンとカランはいくらか秘密を持っているみたいだな。特にブライアンのほうがね」

サマーが疑わしそうな顔をした。「わかっていると思うけれど、カランがブライアンのことを〝国際派の謎の男〟と言ったのは冗談よ。彼はほかのエリオット家の誰よりも、一族から離れて暮らしているというだけのことなの」

ジークは片眉をきゅっと上げた。「僕の勘では、ほかにもっとなにかある気がするな」

サマーはにわかには信じられないようすだったが、やがて笑みを浮かべた。「私は生まれてからずっと彼らのことを知っているわ。信じてちょうだい。彼らには謎めいたところはなにもないわ。ブライアンは正真正銘のレストラン経営者で、カランは……カランは自分で言ったとおりよ。彼は女性にもてるの」

ジークはそれ以上その問題を突きつめないことにした。ブライアンとカランが、いとこのサマーが思っているように単純かどうかは確信を持ちきれなかったが。

ジークはサマーについてレストランの奥にあるビュッフェへ行き、二人で牡蠣《かき》のフライや、蟹《かに》とアボカドのパイや、アジア産の梨《なし》とタイのマンゴードレッシングをかけたロブスターとメロンのサラダなどを味わった。

そのあと、ふたたびカランといっしょになり、さらに何人かのサマーの同僚と知り合った。彼らはみんなジークに興味を示した。

それでも最後には、ジークとサマーは二人きりで

隅のテーブルに腰を下ろし、ぎこちない沈黙に包まれていた。女性といっしょのときのジークには非常に珍しいことだ。

しかし、ジークは徐々にサマーの気持ちをほぐすのに成功した。二人はジークがツアーで訪れた土地について語り合い、彼は変わったファンのことや、それよりさらにおかしなタブロイド紙の見出しのことを話して楽しませた。

二人ともスペイン語が上手で、フランス語が下手なことがわかった。それから、夏のマルタ島がお気にいりで、香辛料がよく効いたメキシコ料理が大好きなことも。さらに、スキーをするにはヴェイルとアルプスではどちらがいいかについても意見を戦わせた。

「それで」そうこうするうちに、ジークが冗談めかして言った。「どんな音楽が好きなのかな？　誰のファンだい？」

「みんな死んでいるわ」

ジークは声をあげて笑った。サマーの答えは意外ではないはずだった。「クラシックかい？」

サマーはワインを一口飲んだ。「ええ。それにオールディーズが好きよ。シナトラやナット・キング・コールが」

「僕に気をつかって、僕のライバルがお気にいりだとは言わないようにしているのかい？」ジークはからかうように言った。

サマーは上目づかいにジークを見あげた。「もしそうなら、気にする？」

サマーが僕と戯れている。ジークは大いに満足した。「胸が痛むな。でも、たがいにベートーベンが好きなことを思って、慰めにするよ」

サマーの口元がほころんだ。「あなたのコンサートは楽しかったわよ。あなたはとてもよかったわ」

「とてもよかっただけかい？」ジークがまたからかう。

サマーはジークの目をじっと見つめた。「引きこまれたわ」そっと言った。

サマーの目をのぞきこみながら、ジークはスモークの中をせりあがっていく気分だった。なんてことだ。彼女に感じてしまう。

ジークはその危うい瞬間から、サマーを、そして自分自身を救うことにした。「実は、遠からずステージから離れるかもしれない」

サマーは驚いたようだ。「ほんとうに？」

「ああ。そのかわり、作曲に集中するつもりだ」ジークはあたりに目をやった。込み合っていた店内は今はいくらかすいていたが、パーティはまだにぎやかに続いていた。

「そろそろ帰る？」サマーが尋ねた。

「ああ」ジークは彼女を見つめた。「君は？」

危険な質問だ。ジークはそれを承知していたが、あまりにもサマーを求める気持ちが強かった。彼女の近くにいて、自分を抑えているのは拷問に等しい。

「私も帰るわ。さあ、行きましょう」サマーが彼を受け入れたのかどうか、言葉以上の手がかりはなかった。

二人は店の客におやすみを言いながら、表に面したドアへ向かった。ジークはクローク係からサマーのコートと自分のジャケットを受け取った。

幸い、シェーンとカランの姿はどこにも見えない。一方、ブライアンは意味ありげな目をジークに向けた。その目は、彼を多少なりとも信用しているので、その信用を損なうようなことはいっさいしてはいけないと告げていた。ジークはかすかにうなずいて、メッセージを受けとめ、しかと肝に銘じたことを伝えた。

ジークはサマーのためにドアを開けた。店の外に出ると、ジャケットのポケットから野球帽を引っ張り出して、目深にかぶった。

サマーがいぶかしそうに彼を見る。

「パパラッチに見つからないためだよ」ジークは説明した。「タクシーを拾ってあげようか?」

「いいの。家はほんの数ブロック先だから」

「それじゃあ、送っていくよ」

サマーは一瞬ためらってから答えた。「お願いするわ」

8

サマーは体が熱かった。もちろん、そんなのはどうかしている。外の気温は零度もないのに。しかし、カシミアのコートの下の体はほてっていた。

すべて、隣にいる男性のせいだ。

ジーク。

彼女の恋人。

エリオット家のタウンハウスに着くと、サマーはジークが得心したように大きな建物を見あげているのを見つめた。

この家は彼女とスカーレットが週日を過ごし、祖父母がニューヨーク市内に来たときに使う。それを見た人たちが感銘を受けるのにサマーは慣れていた。

この家はジークの目にどんなふうに映るのだろう。サマーは初めて目にするつもりになって、家を見た。三階建ての邸宅は白い縁取りがほどこされ、通りから三メートルほど奥へ引っこみ、蔦《つた》のからまった黒い錬鉄の門で物見高い通行人の目から隠されている。

ジークはサマーに目を向けた。「僕が思うに、君のおじいさんは論より証拠を見せたんだね」

ジークの洞察力にサマーは驚いた。ここを訪れた大方の人たちは、目の前にそびえる建物の外観にしか目が向かない。「祖父はＥＰＨを創立したのよ。会社を大きくする途上では、外見がとても大切だったのだと思うの」

「そうだね」

「妬《ねた》ましい？」

ジークは口元をほころばせてサマーを見た。「プライバシーがあることのほうがうらやましいよ。今にしてみれば、君が〈ウォルドルフ〉のスイートルームに感心するだろうと思ったなんて愚かだった」

サマーは顔を赤らめた。あの夜、ジークをどんなふうに欺いたかを思い出したくない。といっても、彼はもう怒っているようすはなく、ただ、彼女をからかって楽しんでいるようだ。

それでも、こうしてタウンハウスへ着いてみると、気づまりだった。それを振りはらうように、サマーは尋ねた。「中を見る？」

「もちろん」

玄関から屋内へと向かいながら、サマーは衝動的にジークを誘ったことを後悔した。表でおやすみを言うべきだったのに。

〝そうするべきだった。できたはずだ。でも、しなかった〟

そのかわり、自分のコートとジークのジャケットと野球帽を玄関ホールに置いて、サマーは家の中を案内した。夜もふけて、家の中はひっそりしている。数人いる使用人は眠っているか、休日で家を空けていた。

すばらしいステンドグラスの天窓がある広い玄関ホールから図書室へ、それからダイニングルーム、リビングルームへと歩を進めながら、サマーはうしろからついてくるジークを痛いほど意識していた。娯楽室とキッチンを彼に見せ、そして二人は人目につかない庭を見晴らす裏のポーチに目をやった。

次は二階だ。ここには家族の寝室と客用寝室がある。そのあと、サマーとスカーレットの寝室にしている最上階へとのぼっていった。

ついに、ジークはサマーの寝室の入り口に立った。ジークの反応をはかりながら、サマーはしゃべった。「ここが私の部屋よ。何年たっても模様替え中なの。幸い、スカーレットとバスルームを共有しなくてすんでいるわ。そうでなかったら、今まで仲よくやってこられたかどうか、あやしいものね」

サマーは白とクリーム色の配色の部屋を見まわした。その色調は、桜材の年代物の家具と、交ぜ織りのカバーをかけた真鍮《しんちゅう》のベッドと鮮やかなコントラストを成している。

彼はどう思っているのかしら？　あまりにこぢんまりしていると？

ジークは黙って、ただ部屋を見まわしていた。サマーは気をもむのをやめた。

やっとジークがつぶやいた。「とても女らしい部屋だね」

ジークは部屋に足を踏み入れ、閉じられたノート型パソコンと書類がのったデスクの横で足をとめ、それらを見おろした。「インタビューを書き起こしはじめたのかい？」

「ええ」サマーはジークのそばへ行った。草稿を出したままにしておいたのを忘れていた。

ジークは何枚か原稿を手にして、興味ありげな目をサマーに向けた。「読んでもいいかい？」

「そう、そうね。いいわ」サマーは神経質な笑い声をたてた。「でも、あなたに検閲する権利があるとは思わないでね」

ジークは眉をひそめた。「心配しないで」小声でつぶやく。「今まで僕について書かれたもののことを考えれば、ショックを受けるとは思えないよ」

ジークが読むのをサマーは落ち着かない気持ちで待った。

書きおえたところまでは、一語一語を慎重に選んで書いた。それらの言葉によって、彼のすばらしさと、あの〈ウォルドドルフ〉で過ごした夜に彼女は引き戻された。

ジークのことを陳腐でなく、また、彼にのぼせた気配も見せずに表現するのは骨が折れた。〝ジーク・ウッドロー、彼は真のアーティストであり、またセックスシンボルである〟サマーはこう書いた部分を削除した。我ながら愚かにもほどがあると思い、そのあと空白のコンピューターの画面をいつまでも見つめていた。

とうとうサマーは核心から書きだすことにした。それは、自分の音楽をいつも新鮮で時代に合ったものにしておくための努力について語ったジーク自身の言葉だ。

ちょうどそのとき、ジークがサマーのもの思いを破った。「とてもよく書けているね。気にいったよ」

「ほんとう?」きまりが悪いほど驚いた自分の声を聞いて、サマーは言い直した。「ほんとうにそう思う?」

ジークは口元をほころばせた。「ああ、ほんとうだよ。ただ一つ、指摘しておきたいんだが」

「なにかしら?」

ジークは原稿を下に置いた。「もっとリサーチが必要だね」

「ほかに知らなくてはならないことなんてあるかしら」

ジークはサマーのすぐそばまで行って、足をとめた。サマーは息苦しくなった。

「そう言いきれるかい?」ジークがつぶやく。「だって、君について知りたいことはいっぱいあるのに」

性的なにおいのするやりとりを意識して、サマーの肌はうずいた。「たとえば?」彼女はささやいた。

ジークはサマーの頬に手をあてて、親指で唇を撫《な》でた。「たとえば、君の肌はいつもこんなにやわらかいのかとか」彼はサマーを引き寄せ、身をかがめた。「君の唇はいつもこんなにキスしたくなるものかとか」彼が唇を押しあてて、ささやく。

ジークは巧みにサマーの唇を唇でおおい、たちまち彼女は、あの〈ウォルドルフ〉での初めての夜に二人の間で渦巻いていたのと同じ興奮に我を忘れた。

サマーが体をすり寄せ、ジークは彼女を見おろした。体に巻きつける形のトップからのぞく深いV字形の胸の谷間に、視線が釘《くぎ》づけになる。「こういう服は好きだよ」彼は低い声で言った。

「買ったばかりなの」サマーは打ち明けた。今夜のために、ねらいどおりの効果を上げる服を選ぼうと心に決め、時間をやりくりしてショッピングに出かけたのだ。なにを着るかがなぜ重要なのかということは、あまり細かく考えなかった。

「とても洗練されているね」

「新しいサマー・エリオットの出現かもしれないわ」サマーは冗談めかして言った。

「仮にそうだとして、そのプロセスに一役買うことができたら、無上の喜びだよ」ジークが誘惑するように言う。

サマーはおなかのあたりがむずむずした。こんなふうに欲望に引きこまれて戯れるのは、依然、彼女にとっては新しい領域だ。「私たち、インタビューのことを話していたのよ」

「そう……それとリサーチのことをね」

「私を誘惑するつもりなの？」

「もしそうだとしたら、効果のほどは？」ジークはサマーの胸の頂が押しあてられたトップの胸元を見つめている。「君にはそそられるよ」

「あなたは私の好みのタイプにぴったりというわけではないわ」私はジークに信じさせようとしているのかしら？　それとも自分自身に？「今までデートをした相手は、みんなオーソドックスな短い髪だったわ」それに、デスクで仕事をする人たちばかり。クローゼットにはビジネススーツがずらりと並んでいる。決して反逆児ではない。

ジークは声をあげて笑った。「危険に生きることを学ぶんだね」

私にはその勇気があるだろうか？

「君はまさに僕のタイプだよ」

サマーは信じられないというようにジークを見た。

「真実味があって、いきいきしていて、自然で、魅力的だ」

サマーはジークのすばらしい青い瞳をのぞきこみ、自制心がすり抜けるのを感じたが、こう言った。

「一度だけ、欲望の靄《もや》の外であなたのことを考えてみたいわ」

ジークが笑った。「どうして？　その靄から出たことがない人がもっとも幸運だと思う人もいるのに」

たぶん、彼が正しいのだろう。サマーは思った。

〈ウォルドルフ〉の夜以来、ある疑問がつきまとっている。ジーク・ウッドローとあんなふうにシーツを乱した情熱的な女性はいったい誰なのだろう？　錯乱した女？　それとも、分別のあるサマー・エリオットが解き放つのを恐れて封じこめていた自分の分身だろうか？

サマーはそれを知りたかった。そしてジークは、喜んで彼女の知りたい気持ちをかなえてくれそうだ。

ジークがサマーにさらに近づき、サマーも彼のほうに小さく足を踏み出した。彼女はすんなりとジークの腕に抱かれ、二人はぴったりと唇を合わせた。

ジークの指がサマーの胸をおおい、ふくらみの頂を撫でて硬くとがらせる。サマーはますます彼を求める気持ちをつのらせた。ジークは唇を離して、彼女のまぶたに軽くキスをし、顔に沿って喉元のくぼみへと下りていく。

サマーはジークのクルーネックのシャツを引っ張り、裾《すそ》をジーンズから引き出した、そしてジークは、彼女がシャツを頭から脱がせるにまかせた。

誘われるまでもなく、サマーはジークの胸に指先を這《は》わせ、硬い筋肉を指に感じた。

ジークがふいに動きをとめて悪態をついたので、サマーは彼を見あげた。「どうかしたの?」

「避妊具がない」

「それならあるわ」

「それはまたどうしてだい、ミズ・エリオット?」ジークは間延びした口調で尋ねた。「僕を誘惑するつもりだったのかな?」

サマーはジークに向かって目をしばたたいた。

「今夜まではそんなつもりはなかったわ。でも、スカーレットのバスルームにあるのをたまたま知っているの。彼女は〝備えあれば憂いなし〟というタイプだから」

思ったとおり、スカーレットのバスルームの戸棚に未開封の避妊具の箱があった。サマーが自分のベッドルームへ戻るとき、ジークがメロディーを口ずさんでいるのを聞いた気がした。彼女が部屋に足を踏み入れると、数本のキャンドルに火がともっていた。かすかに薔薇《ばら》の香りが漂っている。

「さて、どこまで進んでいたかな?」ジークがサマーのもとへ向かいながら尋ねた。彼女の手から避妊具をとり、ナイトテーブルの上にぽんと投げた。

ジークはサマーを腕に抱いて唇の端にキスをし、彼女の体に巻きつけられたトップを引っ張ってゆめた。薄いトップの布を両肩からはずし、レースのブラジャーに包まれた胸をあらわにする。

ジークはサマーを見あげて、口元をゆがめた。

「君はランジェリーの趣味がいいね」

サマーはほほえみながらも、気恥ずかしかった。実を言えば、あのコンサートの夜からスカーレットのアドバイスを取り入れることにしたのだ。それは、セクシーに装えば、気分もセクシーになるというものだ。そこでサマーはショッピングに出かけ、今まてよりセクシーな下着を買ったのだ。「最近進歩したのよ」

「小さな変化に万歳だ」ジークはサマーの胸を包みこんで撫で、彼女の興奮をつのらせた。

「ジーク……」

「うん？」

〝抱いて。私の中にあなたを感じたいの〟サマーはこんなふうに、初めてジークに身をまかせた夜に彼がささやいたようなセクシーな言葉を口にしてみたかった。でも、なにも言えなかった。

「どうしてほしいんだい、サマー？」ジークが低い声で誘うようにきいた。「言ってごらん」

「胸にキスをして」

「うーん」ジークは目を閉じた。「キスをするのかい？　こんなふうに？」ブラジャーからのぞく胸の谷間に唇を開いたまま、つける。「こうしてほしいのかい？」

「違うわ」サマーはもどかしげに答えた。彼は私がどうしてほしいのか知っているくせに。

ジークは考えるふりをしているらしい。「違うのか？」

たちまち、サマーはどうすればいいかわかった。ゲームを楽しめばいいのだ。彼は私をじらしている。サマーはふいに戒めを捨て去る気になった。

ジークの目を見つめながら一歩うしろへ下がる。

「どこへ行くんだい？」

「どこへも」サマーは誘惑するように答えた。「ジーク、ちょっと座らない？」

ジークはかすかに目をみはったが、ベッドに腰を下ろした。

「これでいいかしら？」サマーはベッドわきのランプのところへ行って、明るさを絞った。

「ああ」

「ジャズが好きだといいけど」そう言って、サマーは静かな音楽をかけた。「ムードが出るという人がいるけれど、そう思う？」

「ここに来て、確かめてごらん」

ジークの言葉に、サマーは全身がぞくぞくした。彼のもとへ向かいながら、ブラジャーをはずして床へ落とす。そしてジークをベッドに押しやって肘をつかせると、彼の上にまたがった。

ジークの顔には驚きの色がよぎり、それから喜びの表情が浮かんだ。「さあ、僕をつかまえたね。これからいっしょになにをしようか？」

サマーはかがんでジークにキスをした。深く、ゆっくりと。やがて体を離して言った。「キスして」ジークの目を見つめる。「胸にキスをしてほしいの。それに、あの夜、ホテルの部屋でしてくれたすてきなことを全部してほしいわ」

ジークは体を起こした。「喜んで」

サマーはジークを引き寄せた。ジークの唇が胸をおおい、彼女がため息をもらす。彼の髪に指をからめ、まぶたをふるわせて目を閉じる。ジークは一方の胸を愛撫《あいぶ》し、次にもう一方と戯れ、サマーはそれ以上耐えられなくなりそうだった。

ジークがサマーを引き寄せ、ベッドに横にならせて、自分も隣に身を横たえた。脚が彼女の脚の間にある。サマーは彼の高まりが腰に押しつけられるのを感じた。

ジークはキスをした。唇で、手で愛撫し、一方のサマーは彼の腕を撫で、引き締まった筋肉と戯れた。

二人の間の空気が熱をおび、息づかいが深くなる。

ジークは体を起こした。

サマーがまだ身につけているものを脱がせ、自分もジーンズと靴を脱ぎ捨てる。

サマーは恥ずかしがりもせずにジークを見つめた。高まりをあらわにした彼はすばらしかった。

「触ってごらん」ジークは言った。

サマーもそうしたかった。

体を起こして手を伸ばし、彼に触れる。そして、手を動かした。

ジークは目を閉じた。息づかいが深く、激しくなる。

「ああ、サマー」彼はため息をもらし、声がかすれた。

サマーはこんなにも自分の力を感じ、エロチックな気分にひたったことはなかった。

やっとサマーが離れると、ジークは彼女の横に身を投げ出した。思わず笑い声をもらす。「ああ、すてきだった」

サマーは急にはにかんで、ほほえんだ。

ジークはサマーを間近に見つめた。「おや、どうしたんだい？　誘惑しておいて恥じらうのかな？」

彼は小首をかしげた。「それなら、ほんとうに顔が赤くなることをしてあげよう」

ジークはサマーの上になり、彼女の体を下に向かってキスをしていき、愛撫した。サマーの体は熱く高ぶり、彼を求めていた。腿の内側へ来ると、彼女はうめくような声をもらし、脚を閉じようとした。

「じっとして」ジークはサマーの気持ちをやわらげるように言った。

ゆっくりと、ジークの唇はサマーのまさに中心へと向かった。

自分の周囲の世界は温かい繭のようだ。サマーはそんな気分だった。そこにあるのは、ジークと彼が繰り出す快感だけ……。まぶたの裏側で世界が爆発し、彼女は喜びに身をふるわせた。

やっと地上に戻ると、避妊具の包みが破られる音がした。ふたたびジークがそばに来て、サマーを腕に抱いた。

ジークはサマーを抱きしめてキスをした。そしてなめらかに身を沈めた。しかし、サマーがついてこられるように動きをゆっくりにしているようだ。

体が一つになると、ジークはくるりと反転してサマーを自分の上にのせた。

サマーが驚いた顔でジークを見おろす。彼女の髪はカーテンのようにまわりを遮断している。

「好きなようにしていいよ、サマー」ジークの声はかすれていた。「君にまかせる」

サマーは一瞬ためらったが、おそるおそる体を動かした。それに応《こた》えるジークのうめき声だけを励みにして。

サマーはジークに導かれて一定のリズムで体をゆらし、彼が動きを速めると、それについていった。彼は目を閉じ、筋肉をこわばらせ、喜びに顔が張りつめていた。サマーも目を閉じ、二人の間につのっていく喜びだけを感じた。

クライマックスの瞬間、サマーはあえぎ、体をのけぞらせた。ジークが彼女の腰に手をやって動きを抑え、ぐっと体を押し出す。

ジークはうめき、その一瞬ののち、サマーととけ合って、甘い忘我の世界へと羽ばたいた。

ジークの上にサマーはくずおれ、そんな彼女を彼は抱きしめた。

「ああ、サマー。君にはいつも降参だ」ジークはサマーの髪を撫でた。「なんて情熱的なんだ」

「私、自分が情熱的だと思ったことはないわ」サマーはジークの肩に顔を押しつけ、くぐもった声で言った。

「まさか」

サマーはかぶりを振り、顔を上げてジークを見た。

「ジョンと私はたいして情熱的ではなかったわ」

ジークは頭を振った。「それじゃあ、僕といっしょに熱くなろう。君のように情熱的な女性にはめったにお目にかかれなかった。こんなに遅くまでバージンだったなんて信じられないよ」

「それも五カ年計画の一部だったの」

「えっ？」

「五カ年計画よ」サマーが繰り返した。「人生設計を練りあげたの。それによると、二十六歳までに結婚しなくてはならなかったのよ」

ジークは声をあげて笑った。それから興味ありげに尋ねた。「ほかには、どんな計画があったんだい？」

「あら、珍しくもない普通のことよ。三十歳までに管理職になって、赤ちゃんを産むの」どうしたわけか、自分の目標を口にするのは気恥ずかしいことを告白するのに似ていた。

「人はきっちりした計画どおりには生きられないよ」

「目標を持つことが大切なのよ」サマーは弁解がましく言った。

「そうだね。自然にわいてくる感情を見極めるのを妨げないならね。計画はほんとうにしたいことにたどり着くじゃまになることがあるからな」

「専門家みたいな口ぶりね」

ジークはにやりとした。「僕の話は参考になるよ。精神科医の息子だし、人の気持ちを歌って、大金をもうけているんだから」

「たしかにそうね。さっき、ええと、私たちが別のことに夢中になる前に、あなたがなにか口ずさんでいたような気がしたの。私の知らないメロディーだったわ。あの曲はなに？」

「なんでもないよ」ジークはごまかした。「ちょっと知っている曲だ」

「ふうん」サマーはジークの脚に足をすべらせた。

彼はサマーの脚を押さえてじっとさせ、ぜったい逃さないという顔になった。「だけど、君のことはちっともわからないんだ」

ジークにベッドに押しつけられ、サマーは息を切らして笑いながら、明日のことなど少しも考えず、その一夜に身をまかせた。

9

次の朝、サマーは幸福な、満ちたりた気分で目を覚ました。こんな気持ちは久しぶりだ。彼女は隣で眠っている男性に目を向けた。

ジーク。

サマーは男性の横で朝を迎えるのは初めてだった。なぜ今までそうしなかったのかしらと思いながらも、心ではわかっていた。相手がジークだからこそ、今のような気持ちになったことを。

ジークを見つめていると、カメラに手を伸ばして今の彼を撮りたくてたまらなくなる。無防備に、やわらいだ表情で眠る彼は、ステージに立っているときより美しいくらいだ。

サマーは、あのジーク・ウッドローが自分に興味を持つとは信じきれないでいた。彼女の財産に惹《ひ》かれたのではないのはわかっている。彼自身がとても裕福なのだから。

昨夜のことを思い出して、サマーは頬がほてった。二人は眠りに落ち、夜中に二度目が覚めて、愛を交わした。最後のとき、ジークはサマーが眠るまで歌を歌ってくれた。そのときのことを思うと、温かく、大切にされているという気持ちでいっぱいになる。

サマーが書いたインタビューの記事をジークが気にいってくれたのもうれしかった。たとえ火の上を歩くはめになっても、誰にも認めたりはしないが、彼の声を聞くために、録音テープを何度も再生して耳を傾けたのだ。

そのとき、ジークが目を開けてほほえんだ。くるりと横向きになってサマーのそばへ来ると、彼女の体を撫《な》でた。「おはよう」

サマーもほほえみ返す。「おはよう」

ジークがサマーを引き寄せて、彼女の首に鼻をすり寄せる。彼女は笑って身をよじり、二人にはもう言葉はいらなかった。

それからだいぶたって、ジークが尋ねた。「この週末の予定はあるのかい？」彼は眉を動かした。「できたらベッドで過ごしたいな」

サマーは笑った。「実のところ、いつもは〈ザ・タイズ〉へ行くのよ」わけがわからないという顔をしているジークに、彼女は言い添えた。「ハンプトンズにある祖父母の家よ。両親が亡くなってから、スカーレットと私はそこで育ったの」

ジークはサマーの腿を撫でた。「僕も連れていってほしいな」

「無理よ！」

考える前に言葉が飛び出していた。ジークを祖父母の屋敷に連れていくなんて、とんでもない！　昨夜が〈ユンヌ・ニュイ〉で、今日は〈ザ・タイズ〉へ行くというの？　ジョンとの婚約を破棄したすぐあとで、ジークを見せびらかすみたいに。

ジークは小首をかしげて、怒ったふりをした。「なにが問題なんだ？　僕をベッドに迎えるのはいいけれど、いっしょにいるのを見られては困るというのかい？」

「それは私のせりふじゃない？」サマーは言葉を返した。さしあたり、使用人たちの注意を引かずに、どうやってジークを家の外に出すかを考えなくてはならない。幸い、スカーレットと共有の居室部分には外から直接入ることができる別の入り口があった。

サマーは階下に下りて、昨夜玄関ホールに置いてきたジークのジャケットと野球帽をとって、こっそり戻ってきた。

ジークはおもしろそうにサマーを見つめている。彼女は一瞬、心を読まれているのかしらと思った。

しなくてはならないことはないの？　週末に

「それはそうと、あなたは忙しくないの？　週末にしなくてはならないことはないの？」

ジークはほほえんだ。「いや。すべて君に合わせるよ」

「寝室は別になるわよ」サマーは前もって告げた。意に反して弱々しい口調で。「祖父も祖母も昔かたぎだから」もちろん、ジョンが泊まるときに使っていた部屋に通すつもりがないことは口にしなかった。それは言わずもがなのことだ。

ジークは親密さに満ちた笑みを浮かべた。「僕はベッドの外でも愉快な男だよ」

サマーの体は熱くなった。「手に負えない人ね」

そんなわけで、その日二人は〈ザ・タイズ〉のガレージに車をとめた。行動を開始したのが遅かったし、〈ウォルドルフ〉をまわってこなければならなかったので、到着したときは昼食時を過ぎていた。

ガレージと邸宅をつなぐ屋根付きの通路を歩きながら、ジークはあたりを見まわして眉を上げた。

「タウンハウスよりさらに壮麗だね」

サマーは、なかばすまなそうに肩をすくめた。

「私にとっては、〈ザ・タイズ〉は単なる家よ」

「たいした家だね」家の中に足を踏み入れて、ジークは言った。

それぞれの部屋に泊まり支度の入った荷物を置いてから、祖父母は出かけていて夕食まで帰ってこないとオリーヴに聞かされて、サマーはほっとした。まだ紹介の気苦労はまぬがれていられる。

「カレン伯母様はいかが？」サマーはオリーヴに尋ねた。

「マイケル様が市内のドクターのところへお連れになりました。お二人とも月曜日までお戻りにならないそうです」

ついてないわ。伯父と伯母がいれば、ジークと祖父母の間の雰囲気をやわらげてくれそうな気がしたのだ。

オリーヴが二人に簡単な遅いランチを出した。そのあとで、サマーがジークに言った。「いらっしゃいよ。屋敷を案内するわ」

二人は三月の強い風から身を守るジャケットをとりに部屋に戻った。部屋を出るとき、サマーはカメラを手にとってポケットに入れた。〈ザ・タイズ〉の彼女の部屋にはいつもデジタルカメラが置いてある。週末に訪れては、光と影があやなし、季節の移ろいを映す、あたりの景色を撮るのを楽しんでいるのだ。

外に出ると、二人は敷地を見てまわった。そこには、プールハウス、祖父がマンハッタンへ仕事に行くときに使うヘリコプターの発着所、祖母が丹精し、暖かくなると花開くイギリス式の薔薇《ばら》園などがある。

最後に、二人は手彫りの石造りの階段をのぼりきったところで足をとめた。その階段を使って、切り立った岩場からプライベートビーチとボート小屋に下りられるようになっている。

サマーはポケットからカメラを取り出した。

それを見て、ジークがにやりとする。

「なにがそんなにおかしいの？」

「君がだよ。やっぱり君は、カメラを構えるよりカメラの前に立つほうがふさわしい気がしてしまうんだ」

「あら」サマーは頬を染めた。「コンサートのあと、楽屋で同じことを言ったわね」

ジークは片方の眉を上げた。「嘘《うそ》っぽく聞こえるかい？」彼はかぶりを振った。「出まかせじゃない、本気で言っているんだ。肌の血色からしても、君はモデルの資質があるよ」

「ポーズをとってくれる？」サマーは避けたい話題をかわした。

「景色を撮りたいのかと思っていたよ」

サマーは肩をすくめた。「しょっちゅう写しているもの。でも、今日はあなたを撮りたいの。あなたはなかなか興味深い顔をしているわ」人を惹きつけずにはおかない顔よ。自分がどんなにその顔に、そして彼に心を奪われているかは認めたくないけれど。

ジークはいたずらっぽくにやりとした。「わかった。モデルになるよ。写真を撮るうちに、どうなるか楽しみだからね」

サマーもそれは覚えていた。スナップを撮るうちに、唇を重ねていたのだ。そして、インタビューのあと、すぐに暇《いとま》を告げなければ、それ以上のことがあってもおかしくなかった。〝気をつけなさい、サマー〟

それでも、まもなくサマーは、さまざまなアングルからジークをねらってシャッターを切った。まず、海を見ている彼。それから、石の階段に座る彼。

「ジョンを写すこともあったのかい？」サマーが撮りおえると、ジークは尋ねた。

「いいえ」サマーは答えて、それがなにを意味するかに気づいた。彼女はカメラを下ろし、そそくさと電源を切ってしまいこんだ。

「ねえ」ジークが階段をのぼってきた。「どんなふうに写っているか見たいな」

「Eメールで送るわ」

サマーは、先ほどジークと自分自身に認めたことに悩まされていた。彼女はジョンの顔に魅せられたことはなかった。むしょうに彼の写真を撮りたくなったことなどなかった。

まったく、どうしたことだろう？　もう少しで、いい友達以上の存在ではない男性と結婚するところだった。そうかと思うと、このところのジークへののぼせぶりは常軌を逸しているかもしれない。

サマーが目を上げると、ジークが考え深げに彼女を見つめていた。

「ほかの男たちより僕が魅力的に見えても大丈夫だよ」彼はからかった。

〝魅力的すぎるのよ〟悔しいけれど、サマーは思った。「そろそろ戻りましょう」

晩になり、サマーはジークと食卓をはさんで座っていた。予想どおり、夕食の席は試練の場になりそうだ。オリーヴから祖父母に、サマーが〝男性の友達〟を連れてきたことが告げられていた。

いつしかサマーは、祖父の眉が疑わしそうに上下する回数を数えていた。今は、少なくとも食事が終わるまで、礼儀正しさがもつかしらと危ぶんでいた。

祖父母ですら、ジーク・ウッドローのことは耳にしていたし、祖父は愚かではない。仮に、いとこたちがサマーとジークの関係が見た目以上のものだとうすうす感づいたとしたら、パトリック・エリオットの目はなおさらごまかせない。先週末にサマーは婚約の破棄を告げ、今週は別の男性を従えて〈ザ・タイズ〉に現れたのだ。

そのことを思ったとき、サマーは見透かすような祖父の表情をとらえ、彼のもっともな考えを読んで、たじろぎそうになった。祖父はこう告げていた。

〝サマー、これはおまえの片割れがしそうな無分別な行為で、おまえがこんなことをするとは思ってもみなかったぞ〟

ジークは咳《せき》ばらいをして、たれこめていた居心地悪い沈黙を破った。「サマーが言っていましたが、後継者をお選びになっているところだそうですね。もう引退後のすばらしい計画をお立てになったのですか？」

サマーは心の中でうめいた。〝引退〟という言葉は祖父の語彙《ごい》の中には存在しないのだ。影も形もないし、まして彼自身に向かって使うなどもってのほかだ。

ジークはなぜ、こんな微妙な話題を持ち出したのかしら。サマーはいぶかった。雑誌どうしの競争で、どんなに親族間の緊張状態がつのっているか話してあるのに。ジークに控えるように目配せしたが、彼は見なかったのか、見たとしても知らん顔をした。

祖父はゆっくりロールパンにバターを塗りおえ、答える時間をかせいでいた。サマーは経験上、沈黙を長引かせるのは、相手をいたたまれなくするための、祖父のテクニックの一つだと知っていた。

それでもジークは、いたってくつろいでいるように見えた。身をよじらんばかりだったのはサマーのほうだ。

やっとパトリックが顔を上げた。「すっかりは仕事をやめない人間がいるものだよ。だが、はたから見れば、いつまでも浮かれているように見えるだろうが」彼はロールパンを噛《か》み締めた。

いやはや。サマーは思った。

ジークは口の中のものを噛んでのみこんだ。「そうですね。おっしゃるとおりです。その点は僕たちが同じ考えなのでうれしいですよ」

パトリックはむっとなった。独力で出版社を創立した我が身と、悪《わる》のロックスターに共通するものがあると言ってのけたジークの大胆さが信じられないと言わんばかりに。

サマーは、祖母が笑みをもらしそうになるのをこらえたのに気がついた。少なくとも祖母は、ジークに味方しているらしい。

パトリックは食事の手をとめて、ジークに向かって言った。「君のご両親は大学教授と精神科医だそうだね。ご両親は君の職業に賛成なさっているのかね?」

「初めはあまり喜んではいませんでしたが、僕には自分の夢を追うのが向いているとわかってくれたようです。あなたのご両親はいかがでしたか?」

サマーの耳に、パトリックが小声でつぶやくのが聞こえたような気がした。どうやら〝生意気な青二才め〟と言ったらしい。彼女はテーブルの下にもぐりたい気分だった。そうでなければ、せめてナプキンを頭からかぶってしまいたい。

サマーが懇願するような顔を向けたのに気づいたらしく、メーヴが言葉をはさんだ。「パトリックが初めて私を訪ねてきたとき、父はひどく彼を嫌ったのよ」

「では、ご主人は家の伝統を守っていらっしゃるだけなんですね。それはうれしいな」ジークが言った。

メーヴはひどくおもしろがっているようだ。一方、パトリックは眉を寄せている。

ジークがパトリックに向かって言い添えた。「僕はあなたに似ています。野心家で、骨身を惜しまず働いて、いちばん低いところから始めて、なんのつてもない世界でのしあがろうとしているところが」

パトリックはジークをしげしげと見つめた。「だが、まだ戯れの域を出ていないようだな。初め、双子の片割れと付き合って、今度はもう一方に乗り換えたのかね?」サマーが息をのむと、祖父は彼女のほうに向いてさらに言葉を続けた。「そんな顔をしないでくれ、サマー。私はまだ新聞くらい読める。そうだとも、『ニューヨーク・ポスト』紙にスカーレットとジークの記事が載っていた。私は眼鏡こそ必要だが、まだくたばってはいないよ」

「おじい様、あれは私よ。スカーレットじゃないわ!」

言ったとたん、サマーは悔やんだ。

パトリックは背もたれに寄りかかり、奇妙なことに満足そうな表情を浮かべた。

サマーは赤面した。「つまり――」

ジークがパトリックの目を見つめた。「そういうわけです」

サマーは気を取り直して付け加えた。「先週末に、ジョンと私は似すぎていて、おたがいにふさわしくないから婚約を破棄したと言った気持ちに変わりはないわ」

「おじい様はわかっていらっしゃいますよ」メーヴが口をはさんだ。「なんだかんだと言っても、おじい様にだって若くて衝動的なときがあったのよ」

「あるものか」パトリックが言う。

「それというのも」メーヴは夫の言葉が聞こえなかったかのように先を続けた。「私の父が言っていたわ。パトリックは記録的な速さで求婚しようとしていたって」

それからメーヴはもっと無難な話題で会話をはずませ、オリーヴに新鮮な果物を持ってくるように言った。

まもなくディナーが終わり、サマーはほっと胸を撫でおろした。食事のあと、サマーはメーヴとともに布張りの家具で装飾されたこぢんまりしたティールームに座り、磁器のカップでハーブティーを飲んだ。祖父とジークは図書室に消え、サマーは二人がどんな話をしているのか気になった。

「パトリックはジークを好きだと思うわ」メーヴが言った。

サマーは勢いよく顔を上げて祖母を見つめた。

「まさか。どうしてそう思うの？」

メーヴは情のこもったほほえみを浮かべた。「ジークは脅かされるのを拒んでいたわ。六十年近くも前に、私に求婚するためにアイルランドへ来たパトリックの姿を見ているようだった」

サマーは祖母の言葉をじっくり考えた。そのあと、彼女は一人でいるジークをやっとつかまえた。「祖父のことは前もって注意しようとしたのだけれど」

ジークは声をあげて笑った。「吠《ほ》えられるより、嚙みつかれたほうがましだよ」

「図書室でなにを話していたの？」サマーは好奇心

を抑えられなかった。

「二人で葉巻をふかしながら世間話をしたよ。おじいさんはすばらしい初版本のコレクションを見せてくださったよ」ジークはウインクした。「心配しないで。僕は彼が好きだよ」

サマーは驚いて眉をつりあげた。しかし、ジークはまた声をあげて笑っただけだった。

水曜日の夜、ジークはレンタルしたスポーツカーでサマーを仕事場に迎えに行った。二人はマンハッタンから橋を渡ってすぐの、ブルックリンのウィリアムズバーグ地区にある〈ピーター・ルーガー・ステーキハウス〉で食事をすることにしていた。そのあとで、フォートグリーンにほど近い画廊で開かれている写真展を見る予定だ。その画廊は、高価な賃貸料が必要なマンハッタンで、アーティストたちの救いの場として知られていた。

誰であれ、サマーとそっくりのタイプには会ったことがないな。ジークは思った。彼女は矛盾の塊だ。富豪の遺産相続人で、うぬぼれはないが、自信がなさそうなところが少なからずある。古風なのに、仕事に対して野心家だ。つい最近までバージンでありながら、リラックスしている僕をまたたく間にひどく興奮させる。

だからこそ、これほどまでに彼女に惹かれるのかもしれない。

フォートグリーンの通りを二人で歩きながら、ジークはサマーに目をやった。彼女は体にフィットした短い革のジャケットをはおり、その下に着た白と黒のストライプのインナーは胸元のくりが深く、魅惑的な谷間をのぞかせていた。ジークは先ほど終えた食事の間中、つい何度もそこへ視線を走らせた。

実際、彼はサマーをホテルの部屋へ連れ去って、熱く、思う存分体を重ねながら、その晩を過ごすのを我慢したのだ。

「ここよ」サマーがほほえんでジークに目を向け、彼の思いをさえぎった。

ジークはサマーのうしろにあるビルの正面に目をやった。建物の窓には赤いベルベットのカーテンがかかり、中は見えない。また、表の入り口の横に〈テントラ・ギャラリー〉と黒い字で書かれた、めだたない銘板が設置されているほかに、中になにがあるかを示すものはなかった。

しかし、建物の中は明るく、ロフトに似た造りで、エレベーターで上がれる二階があった。壁には、作品のタイトルを記したネームプレートと短いコメント付きの写真作品がかかっている。

会場はごった返すほどではないが、かなり多くの客が来場していた。ジークは気づかれたくなかったので、野球帽をかぶったままでいた。

ジークとサマーはいちばん端から一枚一枚、作品をじっくり見ていった。

「なぜここへ来たか、もう一度教えてくれないか」

サマーはやわらかい笑い声をたてた。「オーレン・レヴィトはいい友達で、彼も作品を出品しているからよ」

「どんなふうにいい友達なのかな?」

サマーは横目でジークを見た。「妬《や》いているの?」

「妬く理由があるのかい?」

サマーは上目づかいにジークを見た。「ないわ。オーレンは長く付き合っていた恋人と婚約したの」

「それはよかった」理屈に合わない安心感がジークの胸にどっと押し寄せた。今まで女性に対してこんなに独占欲に駆られた——あるいは、情熱的になった覚えはない。

ちょうどそのとき、ひょろりとした男性が近づいてきた。どこもかしこも薄汚れた感じで、黒髪に染めてアイライナーを濃く引いた小柄な女性といっしよだった。

サマーが紹介すると、ジークはオーレンと彼のフィアンセのタビサにうなずいて挨拶《あいさつ》した。

オーレンもタビサも、あのジーク・ウッドローに対面して感激したようだ。ジークが気づいた限りでは、オーレンがジョンの近況を尋ね、サマーが近ごろ破局を迎えたことを明かさなくてはならなかったときに、一度だけ、ばつの悪い雰囲気が漂った。しかし彼らはジークとサマーの関係を勘ぐったとしても、それを口にすることはなかった。

オーレンとタビサが新しい客のほうへ挨拶に行くと、ジークはサマーを見おろした。「君みたいなお嬢様の友達として想像していたタイプとは違うね」

サマーは片方の眉をきゅっと上げた。「私が上流ぶった気取り屋だと思っているの？」

「ただ、意外なだけだよ。この前まで、君はカシミアとパールに身を包んでいた。今でも行儀にうるさい学校でしこまれた物腰だし、マナーは高貴な人々と午後のお茶をともにしてもいいくらい完璧《かんぺき》だ」

サマーはため息をついた。「オーレンとは写真の講座でいっしょだったの。そこでいろいろなタイプの人たちとたくさん出会ったわ。さまざまなタイプの人に会うのが好きなの」

「それなのに」ジークがしみじみ言った。「どこから見ても自分とそっくりな男と結婚しようとしていたんだからね」

ジークは体の向きを変え、いちばん近い作品のところへぶらぶらと歩いていった。サマーが彼の意見をじっくり考えるままにして。

サマーはなにも言わなかったが、やがてジークのところへ歩いていった。

展示された作品から判断すると、オーレンは型破りな肖像写真を好んでいるようだ。作風はアニー・レイボヴィッツの写真とアンディ・ウォーホルの芸術を合わせたような感じだ。

二階に上がると、そこにはさらにオーレンの作品が展示されていた。

「これは彼の初期の作品よ」サマーは眉をひそめて言い添えた。「今夜、初期のものを出品していたとは知らなかったわ」

ジークはちらりとサマーに目を向けて、もっとも近い作品のところへ足を運んだ。一枚は道化師の格好をした人物で、もう一枚は非業の死を遂げたフランス王妃、マリー・アントワネットに扮《ふん》した人物を写していた。

角を曲がると、柱のうしろに、ほかにも何枚かの写真がかかっていた。ジークはぴたりと足をとめた。〝ダフネ〟だ。

そこに写っているのは、ジークがロサンゼルスの邸宅に飾っている写真の女性と同じ女性だった。美しい夢を見せてくれるあの女性だ。ジークは確信した。

ただ、この写真では、彼女はヴィクトリア朝風の舞踏会用のドレスを身にまとい、高々と念入りに結いあげた髪型をして、扇で顔の一部を隠していたが。

ジークは作品のタイトルに目をやった。〝ダフネ・ヴィクトリア〟

「どうかした?」サマーがやってきて、ジークの顔をちらりと見てから壁の写真に目を向けた。

サマーは鋭く息を吸いこむと、ふたたびジークを見た。

今や、サマーとダフネが隣り合って立っている。ジークはついに、二人をじっくり見比べることができた。淡いグリーンの瞳は同じだ。しかし、〝戯れるダフネ〟の髪は、実際のサマーの鳶《とび》色の髪よりいくらか濃い色をしていた。

「気味が悪いくらい君にそっくりじゃないか?」ジークがつぶやいた。彼は写真から目を離してサマーを見た。「今夜展示されている作品は売り物かい？」

「そのはずよ」

「よかった」ジークは目の前の写真のほうにうなずいた。「これを買うよ」それからあたりを見まわす。「ほかにも、これと同じようなものがあったら買うつもりだ」

「ジーク」

ジークがサマーを見る。彼女は唇を噛んで、たたずんでいる。

「どうしたんだい？」

サマーはためらいがちに言った。「オーレンがこれを撮ったの」

ジークはしばらくサマーを見つめていた。徐々に真相がわかってきた。

そういうことか。推測できてもいいはずなのに。

ジークは声をあげて笑いたくなった。

「これは君なんだね？」濃い化粧と色の違う髪がなかったら、すぐにぴんときたはずだ。

いつも夢に現れた女性はサマーに似ているのではなく、サマー本人だったのだ。

サマーがうなずく。「誰にも言わないでね」

「どういうことだい？　なぜ言ってはいけないのかな？」ジークは、はたと口をつぐんだ。それから、もしやと思いながら尋ねた。「家族は誰も知らないのかい？」

サマーがまたうなずく。「オーレンのキャリアのために、一度だけモデルになったの。でも、偽名を使って、表立って私と結びつかないようにするという条件でね」

「だから〝ダフネ〟という名前なんだね」

「ええ」

ある考えが浮かんで、ジークは眉を寄せた。「ヌードのものはあるのかい？」

サマーは目をまるくした。「なんですって？　ないわよ！」

「それなら、なにが問題なのかな？」

サマーは表情を閉ざした。「親族を少しでもとまどわせたくなかったのよ」

「なににとまどうんだい？」ジークは顔をしかめた。「ほんとうに、親族を面食らわせたくないだけかい？　それともこれは、エリオット一族でいることの拘束に対して、人知れず起こしたささやかな反抗なのかい？」サマーが答えないでいると、ジークは続けた。「僕が思うに、進取の、でも無名のカメラマンのためにあっと驚く刺激的なポーズをとるのは、由緒正しい出版社の遺産相続人で、マンハッタンにお勤めのお嬢様であるサマー・エリオットらしくないからだろう」

「ああ、黙ってちょうだい」

ジークがにやりとした。「ちっ、ちっ、品がよくないよ」

「そんなにおもしろがってくれてなによりだわ」

「実際、おもしろいよ」ジークは同意した。「おもしろいし、魅惑を感じるよ。だって僕は、ダフネ、というか、君の写真をすでに持っているんだから」

サマーは驚いたようだ。「ほんとうに？」

ジークがうなずく。「ロサンゼルスの家にかけてある。だから、コンサートのあとで初めて会った夜、モデルをしたことはないかときいたんだ」

「誰も知っているはずがないから、ないと答えたのよ」

ジークがにやりとした。「ケイトリン、ダフネ、サマー。ほかにも仮面があるのかい？」

「おもしろいことを」

ジークはサマーをしげしげと見つめた。「だけど、〝ダフネ〟はもっと濃い色の髪をしているね」

「私の髪は、写真では実際の色よりいくらか濃く写るの」

「なるほど」サマーとダフネが、ともにジークに曲を書かせる力があるのも不思議はない。なぜなら、二人は同一人物なのだから。彼は〝戯れるダフネ〟を思い浮かべた。写真の女性は濃い化粧をして、長椅子に美しく身を横たえていた。

ジークはつくづくと考えて言った。「僕はロサンゼルスの家にある君の写真がとても好きだ。だから、君がコンサートのあとで楽屋に入ってきたときに仰天したんだ」

「あの写真が好きなの？　それで楽屋で会ったとき、驚いたの？」サマーはまんざらでもなくうれしそうだった。そして彼に飛びつきたそうに見えた。熱っぽい自分の想像のせいでなければいいが、とジークは願った。

「ここを出よう」ジークの声はかすれていた。

サマーがうなずく。

どうしようもなくサマーを抱きたい。エレベーターを呼ぶボタンを押して、ジークはなんとか〈ウォルドルフ〉にたどり着くまで、持ちこたえたいと願った。車の中で事におよんでいるところをつかまって、明日の新聞の見出しを飾るのは願いさげだ。

とはいえ、画廊をあとにする前に、〝ダフネ〟の写真全部を譲ってもらえるようオーレンに確認する時間はとったが。

そのためなら、いくらでも払うつもりだ。一枚の〝ダフネ〟が彼の想像力をかきたてるなら、部屋いっぱいの〝ダフネ〟に囲まれたら、彼の創造力にどれほどの影響をおよぼすだろう？　それにもちろん、サマーのささやかな秘密を手中におさめておくのも刺激的だ。

10

サマーはジークがちょっとした用事から戻る間、もう一度彼の家を見まわした。明るい日曜日の朝で、南カリフォルニアの穏やかな気候が心地よい。こんなに幸せな気分は今まで味わったことがない。

水曜日の夜に画廊をあとにしてから、二人は〈ウォルドルフ〉のジークのスイートルームに戻り、明け方まで愛を交わし、たがいの腕の中で眠りについた。

木曜日には、ジークの両親と食事をともにした。二人は頭が切れ、ウイットに富み、魅力的だった。彼らの息子と同じように。サマーはそう思いながらほほえんだ。

それから、いつの間にかジークに、週末はロサンゼルスへ来るよう説得されていた。サマーは金曜日は休むとオフィスに伝え、ジークとともにウエストコーストへと旅立った。

そして今、ビヴァリーヒルズにあるジークの邸宅の部屋から部屋へと足を運びながら、あらためて彼の家のすばらしさに感動していた。金曜日の昼下がり、家に着いたときにざっと一まわりして見せてもらったが、通りいっぺんの印象しか持つ暇がなかった。そのとき、屋内プールやテニスコート、それにゲストハウスが配置された敷地を目にしていた。建物自体はスパニッシュ・ミッション様式の二階建てだ。赤い瓦《かわら》屋根やアーチ形のドア、それからすばらしいベランダがある。到着した夜は、この季節にしては暖かい気候に誘われて、外気に触れながら、そこで夕食をとった。

この日の朝は、初めて見たとき見落としたものにじっくり目をとめた。サマーは時代の異なるアンティークの家具を取りまぜて配置してあるところが好きだった。それらは家に品格を添えながらも、人を温かく迎えてくれる。

祖母は気にいるはずだ。サマーもとても気にいっている。ジークの趣味は彼女の好みそのものだった。

家の裏手へと歩を進めながら、こちらに来てからのことを思わずにはいられなかった。到着してからの時間は、今までのところ、のどかに過ぎている。昨日は、上半身裸のジークの写真を撮った。そのあと彼は、笑いながらカメラをサマーから取りあげて彼女の写真を撮った。テニスをし、プールにつかった。そして自然の成り行きで、誰かが入ってくるかもしれないとなかば渋るサマーを押しきって、プールハウスで体を重ねた。その夜は、ロサンゼルスでいちばん豪華なレストランがあるベルエア・ホテルで食事をとった。

それよりなにより、ジークは微妙だけれど、たしかな影響力をサマーにおよぼしている。彼女の服装は今までよりセクシーでおしゃれになっている。これは、ジークを誘惑したいという気持ちも大きいからだが。それから、言うまでもなく、彼のせいで会社をサボっている。喜んでそうする気になったのは、サマーにとって生まれて初めてのことだ。

サマーはミュージックルームに入って足をとめた。ジークが話していたが、彼はここで楽器を鳴らしたり、曲を作ったりするのが好きだという。彼女はマントルピースの上にかかっている写真にあらためて目を向けた。

ギリシア神話の女神の衣装をまとった〝ダフネ〟として、オーレンがこの写真を撮ったときのことは覚えている。あのときは、ジークが推察したとおり、一族に反逆しているように感じて、サマーは神経質になっていた。

ジークが〝戯れるダフネ〟をすでに目にしていて、買わずにはいられなかったと思うと、ぞくぞくする。初めて会ったとき、すぐさまつながりを感じ、ずっと前から知っているような気持ちになったのは彼女だけではなかったのだ。サマーには、あの夜から特別ななにか――ジョンとの婚約を破棄せざるをえないほど特別ななにかが始まったように思えた。

「ずいぶん熱心に見ているね」サマーの背後で声がした。

サマーは写真から目を離し、部屋に入ってきた男性を振り返った。

「こんにちは、マーティ」ジークのマネージャーには昨日紹介されていた。彼は担当するアーティストの関心事に常に目を光らせている、経験豊かな音楽業界のやり手というふうに、サマーの目に映った。おそらく彼はまた、頂点にのぼりつめる途上で燃えつきたスターたちを数知れず見てきたのだろう。

マーティはサマーの横で足をとめた。「ニューヨークで君がジークの楽屋に入ってきたと聞いたときは、あまりの偶然に目をみはったよ」

サマーはほほえんだ。「そうでしょう?」

「それに幸運だった。それにしても、ジークはいつもついているみたいだな。ファーストアルバムが出たときも、ちょうどみんながロマンチックでセクシーなバラードを聴きたがっているときだったし」

「ジークが私と会ったのが幸運だったかどうかはわからないわ」サマーはまんざらでもない気持ちだった。

「彼は次のアルバムの曲を書くのに苦労していた。ソングライターの壁みたいなものにぶつかっていてね」マーティは写真のほうにうなずいた。「この写真は、その壁を打ち破って、創造力をふたたび流れ出させる唯一のものだった」彼はサマーのほうを振り返った。「もちろん、生身の君を感じるほうがもっといいがね」

最後の言葉は二重の意味があるのかしら。サマーは居心地悪く感じながら、いぶかった。だが、マーティは穏やかなまなざしでサマーを見ている。きっと〝生身の君を感じる〟という言葉は文字どおりの意味で使ったのではないわ。そう思い、彼女は口に出して言った。「私がジークの創造力の助けになっていたなんて気がつかなかったわ」

「そうかい？」マーティがきき返し、それからうなずいた。「そうなんだよ。今のところ、幾分なりとも君が彼の霊感《ミューズ》の源泉というわけだ」

マーティの言い方には引っかかるものがあった。

彼はふたたび写真とサマーを見比べた。「初めは心配したよ。女性と深くかかわるのは彼の仕事上よくないからね。大勢の女性ファンが彼をセックスシンボルとして見ているんだから」

サマーはなんとか同意の気持ちを示してうなずいた。いったいこの会話がどこへ向かっているのか、見当もつかなかった。

「しかし、ジークに、君との関係は、その、創作のためだと聞かされて、なにも心配することはないとわかったんだ」

「なるほど」サマーはみぞおちが締めつけられ、しこりができるように感じた。

マーティがため息をついた。「残念ながら、ジークほどの有名人はイメージを崩すわけにいかない。それに、常に宣伝も怠れない。もちろん、いい意味での宣伝だが」

「おっしゃるとおりですわ」サマーはだんだんマーティが嫌いになってきた。だが、彼を責めてすむ問題だろうか？　娯楽雑誌の編集という仕事柄、マーティが話したような、有名人が生き残るための実態が真実であることを、彼女は一般の人々より知っている。

ジークはトップスターの座にいる。若く、才能にあふれ、映画俳優並みの容姿に恵まれている。セックスシンボルとしての彼が、誰かと深く付き合うことは好ましくないだろう。婚約や結婚などはもってのほかだ。

「君は『バズ』誌で働いているんだったね?」マーティが言った。「それなら、こちらの事情はわかっていると思う。ここ二、三日の間に、ジークとあるスーパーモデルのロマンスをこしらえて、そのあとで、それを否定しない記事を新聞に発表しなければならなくてね。ジークは常に人目にさらされていたほうがいいし、僕の仕事は大衆に噂《うわさ》話をさせておくことだ。都合のいい噂に限るがね」

サマーはうなずいた。もうこんな会話は続けたくない。胃がむかむかする。わかっていていいはずだった。ジークのような人が私みたいな女に惹《ひ》かれるなんて、隠れた動機がない限り、ありえないのに。

二人は……タイプが違うのだ。

うぶもいいところね? まったく。サマーは自分に向かって答えた。

サマーは言った。「失礼してもよろしいかしら、マーティ?」行儀にきびしい学校出身の気質が顔を出した。もっとも苦痛に満ちた状況においても、ていねいにふるまうのだ。苦痛に満ちた状況だからこそ、そうするのだ。「電話をしなくてはならないの」ちょっとした嘘《うそ》だが、ほんの少し使うことで、最悪の状況から救われる。

「もちろんだとも。ロサンゼルスに滞在する間、楽しく過ごしてくれ」

「ありがとう」サマーはなんとか礼を述べて背を向け、ドアへ向かった。頭をしゃんと上げて、背筋をまっすぐにして。それでも心のどこかでは、逃げ出そうとしている気持ちを払いのけることができずにいた。そして、マーティはそのことを知っているのだ。

「帰るって?」ジークは信じられずに尋ねた。「なぜなんだ?」

明日の夜、夜間飛行でいっしょにニューヨークに戻ることになっていると思っていたのに。明日の朝は、ロサンゼルスのタレント事務所とのミーティングに出なければならないが、そのあとは用事がないので、サマーとともにニューヨークに向かえる。

それなのに、サマーは荷造りの真っ最中で、今夜、夜行便でニューヨークへ帰るという。

サマーは水着をスーツケースにほうりこんだ。「戻らなくてはならないの。仕事があるのよ。覚えている? 仕事を進めなくてはならないの」

ジークは水着に気をとられた。昨日、それを脱がせたあと、なにがあったかがよみがえってくる。

「仕事があるのはわかっているよ」ジークは無理やりサマーに視線を戻した。「でも、明日の夜、帰ることになっていたはずだ」

「気が変わったのよ」サマーは荷造りを続けた。

「それはないだろう、サマー」ついにジークの忍耐が切れて、サマーが荷物にほうりこもうとしていたスカートをつかんだ。「こっちを見て。ほんとうの理由はなんだい?」

ほかにどうすることもできなかったのか、サマーは手をとめた。一呼吸おいて、口を開いた。「この週末はすばらしかったわ。でも、そのおかげで、私たちはまったく違うライフスタイルの、まったく別のタイプの人間だということがわかったの」

ジークはただじっとサマーを見つめた。いったいなにがあったのだろう? 二人は……なにかしら実りある方向に向かっていると思っていたのに。

サマーはジークからスカートを取り返し、スーツケースにほうり入れた。「私には先の見通しが必要

なの。そのために、あなたと少し距離をおきたいの
よ」
「先の見通し？　なんのための見通しだい？」ジー
クは唖然《あぜん》として尋ねた。頭のどこかではサマーが言
いたいことを理解していたが、それを信じたくなか
った。
普通なら、こともなげに女性をふるのはジークの
ほうだった。そうするのは決して好きではないし、
袖《そで》にした女性の数を自慢したこともないが、彼の立
場ではやむをえないことなのだ。たとえ短い間でも、
ロックスターと付き合いたい女性は常にわんさと控
えている。
サマーは深く息をついた。「私たちの生活はまっ
たく違うのよ、ジーク。あなたはツアーが多いし、
私は真剣にEPHで昇進しようとしているわ」
「君は昇進したいのかい？　僕は疑問に思うように
なったよ。君はすばらしいカメラマンだし、写真に
ほんとうの情熱を持っているじゃないか」
「『バズ』誌の記者になることが私の目標よ」サマ
ーは強調した。「だから、あなたに会ったのよ。忘
れたの？」
「忘れてはいないよ。でも、僕は、EPHは君のお
じいさんの夢だということにも気がついたんだ。子
供や孫までが同じ夢を見ることはない」
「それはそうよ。でも、記者になることはずっと私
の夢だったの」
ジークはもっと言いたいことがあったし、サマー
と意見を戦わせたかった。しかし、戦法を変えたほ
うが効果的だと判断した。「いいかい。EPHで出
世することが君の望みだとしても、僕たちがいっし
ょにいられないということにはならないよ」
「どのくらい長くいっしょにいられるの？」
ジークは答えられなかった。マーティの警告が頭
の中で響いた。〝誰とも真剣になってはいけないよ〟

それは仕事にいい影響をおよぼさない。

「世界中を駆けまわるようなライフスタイルはいやなの。それに、あなたは身を落ち着ける気はないでしょう」

ジークになにが言えるだろう？　二人の関係がどこに向かっているか、真剣に考えてみたこともないのに。一日を迎えるごとに、ただ幸せを感じていただけだ。これまでのどの関係でもそうしてきた。

しかし、サマーは無駄な関係は断ち切る覚悟のようだ。

「あなたはきりのない宣伝活動に話題を提供しなくてはならないのでしょう。都合のいい宣伝になるよう、人の目にさらされていなければならないのよね。その相手は私ではないわ。私が望むのはそんなことじゃないもの」

またしても、ジークは言い返せなかった。実際、サマーが彼の仕事に求められることをくどくど話すところは、あまりにもマーティそっくりだった。

ジークはたった一つ残された戦略を使うことにした。「サマー、君は三週間前の君からずいぶん進歩したね。ついに自分の殻を破ろうとしている。今、あと戻りしてはいけないよ。このチャンスをつかむんだ」

「たぶん、その殻が私なのよ」サマーは静かに答えた。「あなたも自分をだますのはやめて。あるいは、私が別の人間に変わっていくなんて思わないで」

サマーは背を向けてドレッサーのほうへ行き、さらに服を手にとった。ジークが思うに、彼女の考えでは、どうやら会話はこれで終わったようだ。二人の関係も終わりを告げたのだ。

「サマー」

「はい……」

「サマー」

サマーがオフィスの椅子をくるりとまわすと、シェーン叔父がパーテーションの入り口から顔をのぞかせていた。サマーはうしろめたさにぎくりとした。三日前にロサンゼルスから帰ってきてからというもの、仕事に集中できずにいた。水曜日の今も、集中するのに苦労していた。

シェーンはパーテーションの上に腕を置いた。「いい知らせだ」

サマーは短い返事ですませた。「そう?」

シェーンがにっこりする。「君の昇進が決まったよ。来月から、君は『バズ』誌の記者だ」

サマーは無理に笑顔を作った。複雑な気持ちだった。「ありがとう」

「君はジーク・ウッドローのインタビューを『バズ』誌に提供してくれたからね。おかげで、おじい様が始めたゲームに負けないでついていくことができる。君は当然その報酬を受けていいんだ」

サマーが見たところ、シェーンはほかの親族の誰よりも祖父の挑戦をうまく受けて立っていた。それでも彼は、EPHの雑誌間の競争をゲームと見なしている節がある。勝つのがおもしろく、楽しめるゲームとして。

シェーンは首をかしげた。「どうかしたのか? 昇進のニュースを聞いたら、さぞ得意がると思ったのに」彼は不思議そうな顔をした。「だって、それをめざしていたんだろう?」

たしかにめざしていた。去年、従業員の年次検討会でもそれを口にしていた。それなのに、いったいどうしてしまったのだろう?

シェーンに気をつかって、サマーは見せかけの笑みを浮かべた。「もちろん、うれしいわ」〝嘘よ。うれしくなんかないくせに〟「まさにこの日を待っていたのよ」〝今まではね〟「昇進する実感をすっかり味わおうとしているの。だって、ずっと昇進をめざしてきたんだもの」

シェーンはうなずいてウインクした。「偉いよ。金曜日にお祝いの飲み会をしないとね」

『バズ』誌のスタッフたちは、ときおり近くのバーに集まって、ありがたき金曜日を祝してグラスを傾ける。しかし今回は、サマーは少しも乗り気になれなかった。「ありがとう、シェーン」

シェーンが帰っていき、気がつくとサマーは、じっとコンピューターの画面を見つめていた。こんなとき、スカーレットにあらいざらいぶちまけられたらいいのに。だが、彼女はこのところ遠い存在になっていた。言うまでもなく、家にもめったにいない。スカーレットがよそよそしいのは、私がジョンとの婚約を破棄してジークと付き合っているせいかしら。サマーはそう思わずにはいられなかった。といっても、スカーレットは決してわけを言わないし、あまり話もしない。

サマーはその夜、家に帰っても、まだ気持ちがふさいでいた。いつものように、スカーレットはまだ帰っていなかったが、サマーがベッドに入ったあとで、家に入ってくる音がした。

ジークから連絡がとだえて三日になる。彼からの電話を期待する理由はなにもないのだけれど、それでもサマーは片意地に、彼が電話をかけてくればいいのにと思っていた。

サマーは眠れずに寝返りを打っていたが、深夜をまわると眠るのをあきらめ、リビングルームのソファに腰を下ろし、外の街の明かりがほのかに照らす室内を眺めていた。

サマーはひどく混乱していた。その日、彼女は念願の昇進を果たし、また一つ、五カ年計画の一つの段階を越えた。

天にものぼるくらいうれしくてもいいはずなのに、そうではなかった。ジョンといっしょに祝うのが当然だったのに、そうしてもいない。

サマーはジークの言葉を思い出した。〝人はきっちりした計画どおりには生きられないよ〟

サマーはジークが言ったことをじっくりと考えてみた。私がしていたのは、まさにそのことではないかしら。本来、ごたごたしていて思いもよらないことが満ちあふれている人生を、こぎれいにきちんとまとめようとしていたのではないかしら？

ジョンと結婚しようとしたのも、長い目で見た私の計画に彼がはまり役だったからだ。でも、問い直してみるべきだったのは、ジョンのことだけではないのかもしれない。おそらく、『バズ』誌で昇進をめざしたのも、なぜそれほどまで奮闘するのか、それ以上検討もせず、深く考えもせずにしていたのだ。

ジークが言っていたのは、このことだろうか？

〝計画はほんとうにしたいことにたどり着くじゃまになることがあるからな〟


私がほんとうに願っていることはなにかしら？

サマーは目の前のドアを開いて、中になにが待ち構えているのかを知るのが恐ろしい気がした。だが、あえて中をのぞいてみることにした。

はたして私の望みとは？

ジークが言っていたように、サマーはひと月前と比べて相当な変わりようだった。アンサンブルやパールや細いハイヒールは消え去った。今日は、濃いグリーンのVネックのトップに、胸のラインを際立たせる体にぴったりしたブレザーに、腰に引っかけるようにはくパンツに黒いパンプスという服装で仕事へ行った。洗練されているが、ソフトなイメージだ。仕事のあとで何度か買い物をしたおかげで、スカーレットのような服装ではなかったし、以前ジョンとデートしていたころのオーソドックスで古風なスタイルでもない。

〝本物のサマー・エリオットよ、お立ちください〟

というところかしら？　サマーは皮肉に思った。

サマーは目を閉じて、このひと月での変わりようを思った。心のおもむくままに、胸のもっとも奥に秘めた願いに思いをめぐらせるにまかせて。

〝内なる女神を解き放て……。内なる女神を解き放て……〟

スカーレットに教わった祈りの言葉が浮かんできた。

サマーがいちばん望んでいるのは、雑誌記者になることでもなく、『バズ』誌やＥＰＨで地位を得ることですらなかった。ジークにインタビューするのは楽しかったけれど、彼女に喜びを与えるのは写真だった。彼女はまわりの世界をカメラでとらえるのが大好きなのだ。

これまで真剣に写真を追求してみたことはない。それは……つまり、恐れのせいだ。アマチュア以上にはなれないのではないかという恐れ。そして家族の期待への恐れだ。彼女は、自分が言い聞かされている以上に、ＥＰＨで働くことを期待されて当然と思っていた。親族がみんなそうしているように。

今になって思えば、早まって自分を売り渡したのだろうか。もし祖父が出版業界で成功することに気おくれしていたら、今ごろ彼はなにをしているだろう？　アイルランドの移民の息子が通常つくような仕事の範囲に縛られていたとしたら？

ジークはこのことを言っていたのだろうか？

〝ＥＰＨは君のおじいさんの夢だ。子供や孫までが同じ夢を見ることはない〟

たぶん私はなにもかも間違っていたのだ。おじい様の例をそのまま生かすとしたら、私も自分の夢を追うということだろう。おじい様の夢ではなく。

サマーは目を開けて、息をついた。そのとおりよ。なにをすればいいかまだわからないけれど、この先、ＥＰＨや『バズ』誌で仕事はしないのはたしかだ。カメラマンとしてどのくらい才能があるか見極めてみたい。先ごろオーレンがしたように、画廊に作品を展示するのも喜びとなるだろう。

ジークの言葉が頭の中で響いた。〝君はずいぶん進歩した……。今、あと戻りしてはいけないよ〟

やっと、ジークが言っていたことの意味がわかった。ジョンや私の愛情面の問題ではないのだ。私の人生の問題だ。これで結論は出た。

サマーは思わずほほえんでいた。今夜は何度ジークの言葉に思いをめぐらしただろう？　彼の母親が精神科医のせいか、あるいは彼が音楽にたずさわり、感情と調和しているせいかはどうでもいい。ジークは私自身のことをたくさん示唆してくれた。

サマーはさらに大きくほほえんだ。私は悪《わる》のロックスターからなにかを学んだ——なにか深いものを。

その思いは、さらに別の思いに行き着いた。

〝内なる女神を解き放て……。内なる女神を解き放て……〟

内なる女神はジーク・ウッドローを求めている。サマーはそれに気づいた。

胸の鼓動がわずかに速くなった。ジークを求めているだけでなく、彼を愛している。

彼は賢くて風変わりだ。そして挑戦を突きつけることで、サマーを進歩させた。そしてまた、二人は驚くほど影響し合っている。現に、ジークからはベッドの中でたくさん学んだが、ベッドの外でそれ以上のことを教わった。

初めて体を許したジークに身も心もさらわれたせいかどうかは考える必要はない。たとえジョンやほかの男性と交際が進んで、体の関係を持ったとしても、同じような作用は起こらないことが直感でわかるからだ。

今こそ、すべてのつじつまが合った。私はジークを愛している。

たしかに、彼は仕事でしばしばツアーに出るだろう。でも、そんな彼といっしょなら、わくわくする冒険のような生活ができるだろう。そしてサマーが熱心なカメラマンになるつもりなら、旅で経験を積むのは理想的かもしれない。被写体や写したい情景にはこと欠かないはずだ。

もはやサマーにとって、二十六歳までに……あるいは、見当がつく限りの将来においてさえ結婚はしそうにないことも問題ではない。人生はきちんとした計画どおりには生きられないことがわかったから。

サマーにとって重要なのは、彼女とジークが自分たちの関係の行方を見守る覚悟があることだ。彼はこれからもファンの胸をときめかせる対象でいるだろうが、それも受け入れることができる。サマーが彼を強く思っているように、彼も彼女を思ってくれる限り。

そう考えれば、気分が上向いてもいいはずだった。

しかしそうはならず、サマーはソファのクッションにどさりと身を投げかけた。問題は、三日前にジークを自分の人生から締め出したことだ。

サマーはサイドテーブルの上にあるガラスの時計に目をやった。ニューヨークは午前一時だが、ロサンゼルスはまだ夜の十時だ。

電話をかけることもできるが、それよりも直接話をしたい。そういえば、ジークは、月末にヒューストンでコンサートがあると言っていた。

サマーは受話器を手にして、いつも利用している航空会社に電話した。

ヒューストンへ行こう。今回は、『バズ』誌で昇進したおかげで、バックステージへ入れる報道関係者の通行証をもらえるだろう。

11

　ジークはギターを軽くかき鳴らし、二、三小節弾いてから手をとめ、さらさらといくつか音符を書きとめた。

　それから、ふたたび気を散らして、鉛筆をぽいとわきへほうった。

　くそっ。だめだ。

　四日前にサマーが帰ってしまってから、意識を集中するのがむずかしくなっている。

　今日は木曜日で、ジークはまだロサンゼルスにいた。彼はミュージックルームを見まわした。サマーが彼から離れていたいというなら、それはかなうだろう。どのみち、ほんとうのところは、この一カ月の間、マスコミ向けの仕事のためというよりサマーのそばにいるためにマンハッタンにぐずぐずしていたのだから。

　曲はできていた。サマーのことを歌っている。気がついてみると、心にあるのはいつだって彼女のことばかりだ。サマーが帰る前の先週末、発作的にインスピレーションに打たれて、彼女がまだ眠っている朝のわずかな時間でついに曲を――歌詞も曲も全部仕上げたのだ。

　困ったことに、サマーがいなくなると、ソングライターの壁が極端な形で戻ってきた。別の新しい曲の創作はぴたりととまってしまった。思いは幾度となくサマーのほうへそれてしまう。

　ドアのところで音がして、ジークは顔を上げた。

「やあ、マーティ」彼は視線を戻して、試みにいくつかの音を弾いた。

　マーティが部屋に入ってきた。「調子はどうだい？」彼はさらに言い添えた。「家政婦が入れてくれたんだ」

ジークはギターをわきへ置いて、ソファから立ちあがった。「来ると思っていなかったよ」

「ふと、寄ってみる気になってね」

「なにか食べるかい？」ジークが言った。そろそろランチの時間だ。

「アイスティーをもらえるかな。君に話があるんだ」

ジークがうなずく。マーティはただ打ち合わせのために立ち寄ったのだ。

二人はベランダのテーブルに腰を落ち着けた。ジークはビールを、マーティはアイスティーを手にして。

「次のCDの曲作りはどんな具合だい？」

「進んでいるよ。ゆっくりだけど、進んでいる」

マーティはうなずいて遠くに目をやり、ふたたびジークに視線を戻した。「なあ、ジーク、心を広く持って、考えてみてほしいことがあるんだ」

マーティがなにを言おうとしているか、ジークは思いあたった。

「次のアルバムで、何曲か昔の曲をリメイクしたらどうかと思っているんだ。それから、新曲の曲作りにも応援をつけるよ」

「それは断るよ、マーティ」ジークは髪をかきあげた。「僕がしたいのは作曲なんだ。君も知っているだろう。それに、作曲家としての信用を築いておきたいんだ。あと何曲かヒット曲を出さなくては」

「ジーク、契約では、来年、もう一枚CDを出すことになっているんだ」

「期限は守るよ。それだけじゃなくて、例の、作曲の誘いがあるブロードウェイ・ミュージカルの曲作りに手をつけているところだ」

「なんだって？　その件は話がついているはずじゃ

ないか」

ジークはマーティにきびしい目を向けた。「マーティ、君を雇っているのは僕だよ」

　めったに上下関係を持ち出さないジークだが、今はそれを口にした。

　マーティとジークは、ますます仕事を違う意味でとらえるようになっていた。ジークはあとどのくらいマーティといっしょに仕事ができるだろうかと考えた。以前は、マーティはいろいろな意味でジークをうまく操縦していた。しかし、今回は、ジークの強い思い入れにかかわることだ。これはヴィジョン——ジークが人生でなにをするかというヴィジョンの問題だ。

「ジーク、むちゃを言わないでくれよ。今の時点で、次のアルバムの曲には手もつけていないようじゃないか」

「サマーが帰るまでは、うまくいっていたんだ」ジークはこぼした。

　マーティは大きなため息をついた。「まったくここしばらくは、あのエリオット家の娘のことでずいぶん心配したよ」

　ジークは危険な話題に踏みこんでいくのを感じながら、小首をかしげた。「どうしてそんなに心配したんだい？」

「だいぶ彼女にご執心のようすだったからね。一人の女性と真剣に付き合うのは君のイメージによくないとわかっているはずだ。女の子たちは、母親が気をつけなさいと注意する、セクシーなバッドボーイの君に恋するんだから」

「なぜ僕がサマーにこだわっているとわかったんだい？」ジークは平静な声を保って、きいた。

　マーティは肩をすくめた。「自分で言っていたじゃないか。彼女は霊感の源泉《ミューズ》だって。というか、初めに気づいたのは、むしろ彼女の写真のせいだね。

彼女はいつも君が付き合うタイプではないが、なぜ君が彼女にまつわりついているのかわかってからは、全部合点がいったんだ」

ジークは、日曜日に自分が家を空けた間にマーティが訪ねてきたのを思い出して、なるほどそういうことかと思いはじめた。彼はうなずいてから言った。

「サマーは僕が〝戯れるダフネ〟を持っていると知って、その偶然をほんとうに喜んでいたよ」

「そうだろうな。大物ロックスターのインスピレーションの源になるなんて、毎日あることではないからね。最高のお世辞だよ」

ジークは無理をして穏やかにうなずいた。「わかっていると思うが、サマーにはそのことを話さなかったんだ」

「そうだろうな。僕から話したら、彼女はいくらか驚いたようだった」

「お世辞に決まっているとも言ったのかい？」ジークの声はきわめて静かだった。

マーティは両手を上げた。「まあ、ジーク、聞いてくれ」彼は話すのをやめて、あたりを見まわした。「ところで、彼女はどこだい？　君が予定どおりに月曜日にニューヨークに戻らないと秘書から伝言を聞いて、びっくりしたよ」

「サマーはニューヨークに帰ったよ」ジークは立ちあがった。「君も帰ってくれないか」

マーティは一瞬、意味がわからずにジークを見あげた。しかし、ひどく驚いた表情が顔をよぎった。

「なんだって？　どうしてだい？　なにか約束でもあるのか？」

マーティはジークが冗談を言っていると思っているらしい。だが、冗談などではない。「たたき出したくなる前に帰ってくれ。信じるか信じないか知らないが、悪い評判が立つのは、君同様、僕もいやだからね」

マーティはナプキンで口をぬぐって席を立った。

「気がしずまったら、連絡してくれ」

「僕はいたって冷静だよ。正確には、サマーになんて言ったんだ?」

マーティはジークを見た。「君を悩ましくさせているのは彼女の写真だってことを、君が彼女に話さなかったのは僕の落度なのかい?」

ジークは癇癪《かんしゃく》を抑えながら次の言葉を待った。

やっとマーティが頭を振り振り、口を開いた。

「彼女にはわかりきったことを言ったまでだよ。今、君の仕事に求められることを含めてね」彼は勢いを取り戻した。「今週記事になった、君と例のチェコ人の売れっ子モデルのことも話したよ。もう見たかい? いい感じだろう?」

ジークは首を振った。「もういいよ、マーティ」

「もういいって、なにが?」

「このところ、仕事のことになると、君と波長が合わないと思っていた。その気持ちは無視したけれどね——今までは」ジークはマーティを見すえた。

「君はくびだ、マーティ」

「なんだって?」マーティはかっとなってどなった。

「くびになんてできるものか。君には僕が必要だ。告訴するぞ」

「僕の弁護士のところへ行くんだな」ジークは冷ややかに言った。「契約では、僕には君に金を払って、やめてもらう権利があるはずだ。これが僕の評価だよ」

「ばかもたいがいにしたらどうだ?」

取り合うまでもなかった。ジークはマーティを解雇した。

それからだいぶたって、ジークはリビングルームでぼんやりとテレビの画面を見つめていた。

マーティは、サマーが日曜日に言っていたのとまったく同じことをいくつか口にした。彼女はジークがいつも付き合うタイプではないということや、二人はいろいろな点で違っていること。そしてたしかに、仕事のことを考慮しなくてはならない点は否定しない。

それでもジークには、サマーが口にしたのは、どこまでがマーティの言葉への反応で、どこまでが彼女自身の気持ちか疑わしかった。

ジークはぐっと歯をくいしばった。サマーを失うわけにはいかない。女性に対してこんな気持ちになったのは初めてだ。残念ながらそれは、どうやって事を正しく運ぶかという未知の領域に入ったことも意味した。

電話が鳴り、聞き慣れた声を耳にして、ジークは気がまぎれて大いに喜んだ。数分後、電話を切ったときには、これからどうすべきか答えを見いだしていた。

ジークのコンサートは、サマーが見た初めの二回と同じだった。少なくとも今回は、この先になにが待っているかわかっているわ。サマーは悲しげに思った。

まわりにはたくさんのジークのファンが取り巻いていた。彼女たちは螺旋《らせん》を描くように体をくねらせ、ぶつかり合い、彼の歌に合わせて大きな声で歌っている。

今回のサマーの服装も、以前のときよりコンサートにふさわしいものだ。股上の浅いジーンズに、襟ぐりの深いトップというでたちだった。

ステージ上のジークを見あげ、サマーの胸はふくらんだ。

ジークは広いステージを我がもののように歩きまわった。広いステージは偉大なパフォーマーの証《あかし》だ。ギターを手に、バックのミュージシャンの一人といっしょに歌い、ファンをあおる。観客との息もぴったり合っている。

サマーはジークのすべてをむさぼるように吸収した。彼はきらびやかに見える。別れてからほぼ一週間になるが、どんなに会いたかったか信じられないくらいだ。

サマーは彼のもっとも人気のある曲の一つを口ずさみながら、汗ばむてのひらをジーンズにこすりつけた。

ジークがどんな反応を示すか少し気がかりだが、全力でぶつかるしかない。彼はサマーの愛する男性だ。それを告げずに、彼が去っていくままにすることはできない。

一度か二度、ジークがじっと目をそらさずにまっすぐにサマーを見つめている気がした。しかし、思いすごしだと思った。ごまんと観客がいる中で、比較的いい席に座っているとはいえ、客席は薄暗いし、彼女の前に何列かあるし、ステージの正面の席ではないのだから。

それに、一つわかったことは、ジークは観客一人一人を、彼とつながっている気分にさせることができるのだ。

コンサートが終わって楽屋へ行くのが待ちきれない。今回は、ぎりぎりになってシェーンに泣きつき、彼を説き伏せてコネを使ってもらったおかげで、いい席と念願のバックステージパスを手に入れた。

もちろん、そのためには、シェーンになぜジークに頼めないかを説明しなければならなかった。そして、いくつかの真実が口から飛び出した。彼女は近ごろジークとロマンチックな関係になったことを認めた。

シェーンはそれを聞くと、あまりいい顔はしなかった。『バズ』誌がジークのインタビュー記事をサマーの名前で載せている関係上、具合が悪いのだ。

しかし、シェーンが匙《さじ》を投げたのは、彼女が仕事についての思いを告げたときだ。

シェーンはただサマーを見つめて、ため息をついた。「ああ、サマー。エリオット一族の中で、君がいちばんそんなことをしようと考えそうもないのに」

「わかっているわ」サマーはいくらかうしろめたかった。これまで、祖父の挑戦をシェーンがいくらのんきに受けとめて、勝ちにこだわらないできたとしても、彼女はEPHの雑誌間の競争で後退する可能性があることを口にしたのだから。

シェーンはついにサマーを自分のオフィスから送り出した。「わかった、サマー。行って恋人をつかまえてこい。うまくいくことを祈っているよ。僕が君らの恋路をじゃましたなんて言わせないよ」

「ありがとう、シェーン叔父様！」サマーは感謝をこめて言い、叔父の頬にキスをして急いで部屋を出た。

そして今、サマーはこうしてジークのコンサート会場にいる。真実を告げるときが迫っていた。

ステージでは、ジークが曲と曲の間で一息ついて、観客に笑みを投げかけた。「みんなをびっくりさせることがあるんだ」

観客ははやしたてた。

「準備はいいかい？」

観客はさらに大きな声援で応《こた》えた。

ジークはギターのストラップを肩にかけた。「最後の曲として新曲を披露するよ」

演奏が始まると、観客は熱狂した。

ジークは軽くギターをかき鳴らした。「タイトルは《デイズ・オブ・サンシャイン・アンド・サマー》」

サマーは拍手の途中で手をとめた。まさか……。そんなはずないわ……。タイトルは偶然よ。彼女は自分に言い聞かせた。ジークは季節を指しているのよ。そうに決まっている。女性の名前ではないわ。私の名前じゃない。私たちの別れのことを曲にするはずがない。それはたしかよ。何千人という観客に向けて歌う曲だもの。

ジークはうしろにいるバンドにうなずき、突然の恋への熱い思いを歌ったバラードを演奏しはじめた。その曲は、〝サマー〟という言葉が掛詞《かけことば》になっていた。だから、曲の中の女性が夏を意味しているように聞こえる。熱くて、明るくて、人を元気にさせて。

「サマーが僕に呼びかける。きらめいて、誘うよ。晴れた日のように」ジークが歌った。

サマーは固唾《かたず》をのんだ。歌詞は恋に破れたとも、裏切られたとも、別れたとも歌っていない。アップビートの胸が躍るような曲調だ。そして、仮にこの歌詞が真実なら、ジークは夏を――彼女を愛している。

サマーの目に涙が浮かんだ。観客の中に彼女がいることをジークが知るはずがない。彼は二人のロマンスを――たとえ短い恋であっても――曲作りの材料にしたのだろうか？　それとも、彼女がそうであってほしいと望むように、あの曲で歌われていることは真実で、心からのものなのだろうか？

曲の最後の音が奏でられると、ジークがまっすぐにサマーのほうを見たような気がした。今度は勘違いではない。

マイクのほうへ近づきながらジークが言った。「みんな、サマーを紹介するよ」

まばたきする間もなく、サマーにスポットライトがあたった。ほかのときだったら、彼女はヘッドライトに照らされた鹿《しか》みたいな反応をしたに違いない。しかし今は、ジークの顔に浮かんだ表情にとらえられ、支えられていた。

ジークはサマーのほうに手を差し伸べた。「サマー、ステージに上がっておいで」

ありえないことだが、まるでそこにはサマーとジークしか存在していないように感じられた。そして彼女の足はジークに向かって動いていた。

サマーはステージに上がった。警備員たちが彼女に道をあける。サマーはジークを見つめていた。まわりのものはぼんやりとかすんでいる。

やっとジークのもとへ行くと、彼はサマーの手をとった。彼の表情にサマーは息をのんだ。熱をおびた、崇《あが》めるような表情に、ちょっぴりいたずらっぽさがのぞいている。

ジークは観客をちらりと横目で見て言った。「とまどわせてすまない、スイートハート」彼の口調はちっともすまなそうではない。

観客が笑い声をたてた。

「どういうことなの？」サマーがささやく。

ジークはサマーの目をのぞきこんで、ささやき返した。「僕を愛している？」

「ええ」サマーが答える。考えるまでもないことだ。

ジークは観客に向かって言った。「彼女は僕を愛しているって」

観客は歓声をあげ、笑い、拍手をした。

「どうかしているわ」サマーはジークの前のマイクに入らないように、できるだけ声を落とした。「どういうつもり？　あなたのキャリアが――」

ジークは情熱的なキスでサマーを黙らせた。観客はますます激しく手をたたき、笑い声をたてた。

サマーがジークに身をすり寄せる。キスはたちまちいつものように電撃的に激しくなった。

ジークが顔を上げてサマーから離れた。彼がひざまずいてポケットから指輪を取り出すのを、サマーは信じられない面持ちで見ていた。その間、ジークの目はじっと彼女に注がれていた。

「サマー、愛しているよ。僕と結婚してくれ」

サマーは手を口にあてた。みるみる涙が浮かんでくる。

客席からいくつも声が飛んできた。「イエスと言って！」このとき、サマーの心には疑いはなかった。両手を下に下ろし、サマーは叫んだ。「イエス！」

ジークの顔が喜びに輝き、笑みが浮かぶ。

ジークはサマーのふるえる手をとり、両わきにエメラルドをあしらった古風なダイヤモンドの指輪をはめた。それから彼は立ちあがり、サマーを抱きしめて濃厚なキスをした。

二人は唇を離し、ジークがサマーに向かってにやりとした。「君が人目を気にしないといいけど」

「新しいサマー・エリオットは、人前で愛情を表現するのが大好きなのよ」サマーは息を切らしながら答えた。

それからしばらくして、ジークの楽屋で二人きりになり、サマーは彼の腕に抱かれていた。


「私が客席にいると、どうしてわかったの？」ジークの胸に手を置いて、サマーは尋ねた。

ジークがサマーの唇を軽く噛《か》む。「それはね……シェーンが教えてくれたんだ」

サマーは目をまるくした。「シェーンが？」声が引っくり返り、言い直した。「あの、シェーンが？」

彼女は叔父に感謝していいのか悪いのかわからなかった。

ジークの目は笑っている。「ぎりぎりになって、いい席とバックステージパスを手に入れるのに、ほかにどんな方法があると思う？　コンサートのチケットはまたたく間に売り切れてしまったんだから」

サマーは疑問をつのらせて、目を細めた。「シェーンは正確にはなんて言ったの？」

「正確に？　覚えていないよ」

サマーはふざけてジークをぶった。「思い出して」

ジークの口元がほころぶ。「あまり多くは語らなかったよ。ただ、君が必死になって、チケットと、僕に会うためにバックステージへ入るパスを手に入れたがっていると言っていた」彼は付け加えた。「君とどんなふうに別れたかを考えると、シェーンの電話で、君が二人の関係にとどめを刺すためにコンサートに来るのではないという希望が持てたんだ」

「彼は〝必死になって〟と言ったの？」

ジークは笑った。「シェーンに文句を言うべきかどうか迷っているみたいだね」

「うーん……」

「彼は助け船を出してくれたんだ。そして結局、すべてうまくいったじゃないか」ジークはすばやくキスをした。「でも、ちょっと興味があるんだが、もし僕がステージから君に呼びかけてプロポーズしていなかったら――」

「ほんとうにびっくりしたわ。あんなにたくさんの人の前で、ジークったら！」

ジークはあやまる気などなさげに、にやりとした。「でも、もしああしなかったら、君はどうするつもりだったのかな？」

「バックステージへ入っていって、あなたを楽屋に閉じこめて、あなたが私たちの関係はうまくいくはずだとわかるまで外へ出さない覚悟だったわ」

「そんなこと、ずっとわかっていたよ」

「でも、マーティは――」

「マーティがなんて言ったかは知っているよ。それは忘れてくれ」一瞬、ジークは激しい怒りに駆られたようだ。

「知っているの？　どうして知ったの？」

ジークはサマーを抱いている腕をゆるめた。「彼が木曜日に訪ねてきて、君との会話を口にしたんだ」彼は肩をすくめた。「マーティとはいっしょに仕事をしないことにしたよ」

サマーは目をみはった。「なんですって？　ジーク、いけないわ。私のせいでそんなこと」

「君のせいではないよ、サマー。とはいえ、結論を出してくれたけどね。マーティと僕は足並みがそろわなくなっていたんだ。セックスシンボルのロックスターでいることに専念するべきだというのが彼の考えだったけれど、僕がほんとうにしたいのは作曲なんだ」ジークは体を引いてサマーから離れた。「年末に今の世界ツアーが終わったら、しばらく一箇所に腰を落ち着けようと思う」彼は唇の片端をきゅっと上げた。「どこよりも、ニューヨークがうってつけじゃないかな」

サマーはジークのそばへ行った。「私のためにそうしなくてもいいのよ。いつもいつもツアーに出ているのはいやだと言ったけれど、でも……」彼女は唇を噛んだ。「あれは、あなたが曲作りの壁を突破するのに私を利用したと思って、傷ついたからなの」

ジークの笑みが大きくなった。「もう手遅れだよ。ブロードウェイの大物プロデューサーが製作するミュージカルに、曲を提供する契約にサインしてしまったんだから。もう一枚CDを出す契約を果たしたあとは、その曲作りが次の大きな仕事になるよ」

サマーは手をたたいた。「ああ、ジーク！　あなたが好きな仕事ができて、私もうれしいわ！」

「ブロードウェイのショーのために曲を書くことは、しばらく頭の中でひねくっていたんだ。二カ月ほど前に誘いを受けたが、マーティがいやがってね。それにそのときは、彼と決別する覚悟もなかった」ジークはまなざしをやわらげてサマーを見おろした。「それに、ブロードウェイの仕事をするなら、両親をちょくちょく訪ねられる。それから」彼はもったいぶった。「君も、結婚式のために僕にニューヨークにいてほしいと思って」

「もちろんよ！」サマーはジークが指にはめてくれた指輪に目をやった。「みごとな指輪ね」

「気にいってもらえてよかった。君は古風でありふれていないものが好きな気がしてね。エメラルドは君のアイルランド系の瞳を思わせるよ」

サマーはジークを見あげた。「あなたに身を落ち着ける気持ちがあるなんて思っていなかったわ」

「僕は伴侶《はんりよ》としてふさわしい女性が現れるのを待っていたってことがわかったんだ」ジークは考え深げに言った。「ほかは、仕事のためにマーティが注意深く作りあげた表向きのイメージにすぎないよ」

サマーがうなずく。〝ふさわしい女性〟という言葉に心をとめながら。

「しばらく曲が書けずにいて、そのあとダフネの写真が曲作りのインスピレーションになっていたのはたしかだ。事実、あれを見て《美しい君を腕に抱いて》を作ったし」

「大好きな曲よ！」その曲がダフネ、というよりサマーのことを歌ったものと知って、いっそう好きになった。

「そう、あれは」ジークはおもしろがるような顔をした。「ダフネ、というか、君の特別熱い夢を見たあとで作った曲だ」

サマーが声をたてて笑った。

「言うまでもなく、そのあとは新しい曲は書けなかった。君に会うまではね。夢の中で新しい曲が響いているんだが、目が覚めているときにどうにも思い出せなくてね。でも、君といっしょにいるようになって、曲が形をとりはじめて、先週末についに《デイズ・オブ・サンシャイン・アンド・サマー》を書きあげたんだ」ジークはサマーを見た。「初め君は僕のミューズだったけれど、今はそれをはるかに超えた存在だ」

「まあ」サマーはジークの表情に心を打たれた。

ジークはサマーのウエストをそっと抱いた。「今夜、君にプロポーズしたときの観客の反応からすると、マーティが僕のキャリアにとっていいと思ったことは、少し見方が狭量だったかもしれないね」

サマーが笑った。「なんて皮肉なのかしら」

ジークは混乱したようすだ。「なにが？」

「あなたが身を落ち着けようとしているのに、私はシェーンに『バズ』誌と会社を休むことを話すつもりでいるんだもの。結局はやめることになると思うわ。実は、叔父にはもうほのめかしてあるの」

驚きの表情がジークの顔をよぎった。「なんだって？」

「あなたのツアーについてまわるなら、ほかにどうしようもないでしょう？」

「ああ、サマー」ジークは彼女にキスをした。キスが濃厚になりかけると体を離し、まじめな顔でサマーに目を向けた。「僕のためだけに休むのでなければいいけれど」

サマーはかぶりを振った。「そうじゃないわ。私のためでもあるのよ。私、やっと自分がほんとうにしたいことを追求する決心がついたの。それはあなたと……写真よ」

「それはいいことだ」

「ありがとう。フリーで仕事をするつもり。そうすれば、結婚式の計画を立てるにも、あなたといっしょに過ごすにもいちばん融通がきくわ」サマーは肩をすくめた。「たぶん、ＥＰＨの雑誌に私の写真が載ることもあると思う。シェーンは広い心で私の写真を受け入れてくれると思うのよ」

「もちろんだよ。僕は受け入れる」

「あなたにはまったく欲目がないとは言えないから」サマーは冗談を言い、それからもっと神妙に付け加えた。「おじい様はなんておっしゃるかしら」

「僕の勘では、君が思うほど悪くないと思うよ」

サマーは驚いてジークを見た。「どうしてそう言えるの?」

「彼がへそ曲がりなことをするのは見せかけだよ。そう思わないかい?　結局、彼は自分の夢を追っているんだ」

「なるほど」最近になってやっとサマーも同じように考えるようになっていた。

「それに、君がＥＰＨで昇進しようとしたのも、家族を喜ばせるためじゃないかと思う。ジョンと婚約したことと同じようにね」

「そうだったかもしれないわ。飛行機事故のあと、祖父母が両親の役目を果たしてくれたようなものだから。両親を喜ばすかわりに、祖父母を喜ばせようとしていたのね」

ジークはうなずいた。「熱心に計画を立てたのも、その事故のせいかもしれないね。小さいころ、予期せぬ出来事や恐怖に見舞われたら、人生を秩序立てて、先のことを前もって予定しておきたくなるものだよ」

ジークの洞察力にサマーは舌を巻いた。それがあたりまえになってきてはいるけれど。

「いずれにしろ」ジークはからかうような口調で言った。「君の五カ年計画どおりになりそうじゃないか」

「どういうこと?」

「二十六歳までに結婚するんだから」

ジークが正しいことに気づいて、サマーは笑いたくなった。

ジークはサマーを引き寄せた。「もう一度、僕を愛していると言ってくれ」彼はささやいた。

「毎日、言ってあげるわ」ジークの唇が重ねられる前に、サマーは約束した。

もう言葉はいらなかった。話すかわりに、サマーはジークの腕の中に見つけた幸せに身をゆだねた。

とっておきの、ときめきを。
ハーレクイン

愛の旋律
2007年3月5日発行

著　者　アンナ・デパロー
訳　者　速水えり（はやみ　えり）

発行人　ベリンダ・ホブス
発行所　株式会社ハーレクイン
東京都千代田区内神田 1-14-6
電話 03-3292-8091（営業）
03-3292-8457（読者サービス係）

印刷・製本　凸版印刷株式会社
東京都板橋区志村 1-11-1

編集協力　株式会社風日舎

ISBN978-4-596-51169-0 C0297

NYタイムズベストセラー作家 ノーラ・ロバーツ他 人気作家のラブストーリー3作

花便りに乗せて贈る、春のロマンス企画第1弾!

『この恋は止まらない』(初版 PS-20)

「すてきな同居人」ノーラ・ロバーツ
「令嬢のプロポーズ」アン・メイジャー
「イエスと言えなくて」ダラス・シュルツェ

3月20日発売

PB-34

●ハーレクイン・プレゼンツ作家シリーズ別冊

憧れのドクターとのラブストーリーを2話収録で!

『ドクターとロマンスをI』IX-1

3月20日発売

第1話 ベティ・ニールズ作

「夢の先には」

Emmaは旅行中、あろうことかロールスロイスに車をぶつけてしまう。その持ち主は優秀なドクターで……。

第2話 ケイト・ハーディ作

「薔薇の誘惑」

病院の事務に勤めるRowenaは、僻地医療に携わるLukeと出会う。ともに地元民の治療にあたる二人は……。

●ハーレクイン・イマージュ・エクストラ

ジェシカ・スティールとヘレン・ブルックス、人気作家が描く

『誘惑のオフィス』 好評発売中

超傲慢なボスVS超遊び人のボス、どちらがお好み?

ジェシカ・スティール作
「ボス運の悪い人」(初版 R-1574)

ヘレン・ブルックス作
「百万人にひとりのボス」(初版 R-1610)

PB-33

●ハーレクイン・プレゼンツ別冊 320頁

ラテンヒーローを得描くのが得意な人気作家 ヘレン・ビアンチン

仕事の都合で便宜上の結婚をした二人の前に現れたのは、夫の元愛人。

『The High-Society Wife（原題）』

●ハーレクイン・ロマンス　R-2174　**3月20日発売**

ドラマティックなストーリー展開で人気! キャサリン・ジョージ

元婚約者の子供をひそかに産んだKate。彼との再会が訪れた時……。

『The Millionaire's Runaway Bride（原題）』

●ハーレクイン・ロマンス　R-2180　**3月20日発売**

MIRA文庫からも作品が刊行される実力派 ジャスミン・クレスウェル

大富豪の祖父の死後、
アンは遺産狙いの一族から殺人の疑いをかけられ……。

『招かれざるレディ』

●シルエット・ラブ ストリーム　LS-320　**3月20日発売**

リンダ・ハワードも絶賛の実力派作家 ゲイル・ウィルソン

元CIAエージェントたちの孤独な闘いと真実の愛を描くミニシリーズ

〈孤高の鷲〉
『この夜が明けるまでに』

●シルエット・ラブ ストリーム　LS-321　**3月20日発売**

シルエット・シリーズの不動の人気を誇る ダイアナ・パーマーの
超人気ミニシリーズ〈テキサスの恋〉

第15話『花嫁はプリンセス』P-294（初版L-837）　**3月20日発売**

第16話『最愛の人』P-296（初版D-824）　**4月20日発売**

●ハーレクイン・プレゼンツ作家シリーズ

3月20日の新刊 発売日3月16日（地域によっては17日以降になる場合があります）

愛の激しさを知る ハーレクイン・ロマンス

まやかしの社交界	♥ヘレン・ビアンチン／高木晶子 訳	R-2174
潮風のいざない	スーザン・スティーヴンス／木内重子 訳	R-2175
恋は雨音とともに	マギー・コックス／茅野久枝 訳	R-2176
王家の花嫁（地中海の宝石）	♥ロビン・ドナルド／水間　朋 訳	R-2177
過去はささやく	アン・メイザー／春野ひろこ 訳	R-2178
暗がりで愛して	トリッシュ・モーリ／東　圭子 訳	R-2179
花のウエディング	♥キャサリン・ジョージ／真咲理央 訳	R-2180
嘘と秘密とスキャンダル（華麗なる兄弟たちⅡ）	キャロル・モーティマー／竹中町子 訳	R-2181

人気作家の名作ミニシリーズ ハーレクイン・プレゼンツ 作家シリーズ

テキサスの恋 15 花嫁はプリンセス	ダイアナ・パーマー／すなみ　翔 訳	P-294
親愛なる者へⅠ		P-295
あの夜の秘密	ビバリー・バートン／小林葉月 訳	
愛への道のり	ビバリー・バートン／山口西夏 訳	

一冊で二つの恋が楽しめる ハーレクイン・リクエスト

一冊で二つの恋が楽しめる—ボスに恋愛中		HR-137
愛を忘れた大富豪	スーザン・マレリー／高木明日香 訳	
ダイナマイト・キス	ラス・スモール／上木さよ子 訳	
一冊で二つの恋が楽しめる—恋人はドクター		HR-138
ときめきの丘で	ベティ・ニールズ／駒月雅子 訳	
美女に変身？	バーバラ・マクマーン／杉本ユミ 訳	

ロマンティック・サスペンスの決定版 シルエット・ラブ ストリーム

億万長者の純愛（続・闇の使徒たちⅡ）	マリー・フェラレーラ／牧　佐和子 訳	LS-319
招かれざるレディ	♥ジャスミン・クレスウェル／夏井真琴 訳	LS-320
この夜が明けるまでに（孤高の鷲）	ゲイル・ウィルソン／西江璃子 訳	LS-321

個性香る連作シリーズ

シルエット・サーティシックスアワーズ 禁じられた絆	ドリーン・ロバーツ／山田沙羅 訳	STH-15

クーポンを集めてキャンペーンに参加しよう！

どなたでも！「25枚集めてもらおう！」キャンペーン「10枚集めて応募しよう！」キャンペーン兼用クーポン

2007 3月刊行

会員限定ポイント・コレクション用クーポン

♥マークは、今月のおすすめ